KB075855

이달의 장르소설

이달의 장르소설

6

최이도
조혜린
송한별
오승진
유 연
김신정

고즈넉
이엔티!

이달의 장르소설6

1쇄 발행 2022년 11월 30일

지은이 최이도, 조혜린, 송한별, 오승진, 유연, 김신정
펴낸이 배선아
편 집 정수정
디자인 엄인경
펴낸곳 고즈넉이엔티

출판등록 2017년 3월 13일 제2022-000078호
주소 서울시 중구 남대문로9길 24, 패스트파이브 시청1호점 904호, 1007호
대표전화 02-6269-8166 **팩스** 02-6166-9199
이메일 gozknockent@gozknock.com
홈페이지 www.gozknock.com
블로그 blog.naver.com/gozknock
페이스북 www.facebook.com/gozknock
인스타그램 www.instagram.com/gozknock

ISBN 979-11-6316-441-8 03810

표지이미지 Designed by Getty Images Bank, Freepik

차례

이달의 장르소설

연쇄살인봇

최이도

대학에서 경찰행정을 전공했다. 직관보다는 대체로 배운 것을 기반으로 쓴다. 지금은 사무실에 앉아서 일을 하지만, 언젠가 완성된 작품을 무대에 올리는 무대연출가가 되기를 꿈꾸고 있다. 현재 장편소설을 준비 중이다.

1

오늘은 선영이 밖에서 밤을 지새운 지 사흘째가 되는 날이다. 바깥 생활의 고단함을 보여주듯 순찰차 뒷좌석은 선영의 옷과 짐으로 어지러웠다. 선영은 모퉁이가 찢어진 종이가방을 바닥에 구기듯 내려놓고 뒷좌석에 올랐다. 금방 바퀴가 구르며 차가 도로 위로 미끄러졌다.

반대편에는 긴장한 기색의 남자가 앉아 있었다. 남자는 손바닥을 수시로 무릎에 비볐다. 선영은 그런 그를 물끄러미 바라보다 입을 뗐다.

"헬프타운에 사람을 죽이고 다니는 로봇이 있다던데, 들어보셨어요?"

놀란 남자는 고개를 옆으로 돌렸지만, 선영과 눈이 마주치자 곧장 운전석으로 시선을 꽂았다. 윤재는 백미러로 선영과 그 옆에 나란히 앉은 남성을 경계하며 살폈다. 선영의 부드러운 추궁에도 굳게 닫힌 남자의 입은 도통 열릴 생각이 없었다. 선영이 윤재를 힐끔 쳐다보곤 조금만 더 기다려보자며 고갯짓했다.

"김정환 씨, 내일 또 태풍이 온다는데 계속 이런 식이면 그 로봇 영영 못 찾아요."

단호해진 선영의 목소리 탓인지 정환이 어깨를 움찔하며 문 쪽으로 더 붙었다. 선영의 말이 채 끝나기도 전에 하늘에서 그르릉, 가래 끓는 듯한 소리가 묵직하게 울렸다. 선영은 어쩔 수 없이 윤재에게 근처 골목길로 차를 대라고 신호했다.

반복적으로 나는 비상등 소리가 실내를 압박했다. 정환은 손바닥을 몇 번 더 비비며 땀을 닦다 짜증 섞인 한숨을 토해냈다.

"로봇 찾으면 먼저 넘겨주겠다는 약속, 아직도 유효한가요?"

"저희 쪽에서도 김정환 씨가 처리해주시는 게 편합니다."

선영은 능숙한 형사였다. 상대가 원하는 것이 무엇인지 알아냈다면, 신문의 흐름을 유리한 방향으로 이끌어갈 자신이 있었다. 선영은 윤재에게 라디오를 켜라고 지시했다. 서너 명 되는 남녀의 목소리가 자연스럽게 어우러져 나왔다. 약간의 소음은 침묵의 실내에서 정환을 억지로 끄집어냈다.

"그 친구는 아이작 기종입니다. 아니, 친구가 아니라 로봇이요. 도망간 로봇."

"헬프타운 로비에 있는 1세대 로봇과는 다른 거죠?"

"네, 아이작은 사무 보조로 제작된 2세대 로봇입니다."

"성능이 더 좋은 모델이었나요?"

"그럴 리가요. 솔직히 1세대 일사랑 2세대 아이작은 성능 면에서는 그렇게 큰 차이는 없습니다. 다만 외형이 다르다보니 사람들이 받아들이는 인식 차이가 있는 거죠. 더 무거운 걸 잘 들 것 같아 보인다거나 그런 거요."

"그럼 사람이랑은요? 어떤 차이가 있죠?"

"많죠. 아무리 똑똑하다고 해도 계산기 보고 대단하다고 생각하진 않으시잖아요."

정환은 아이작을 개발할 때 만든 성능표라며 조심스럽게 태블릿을 건넸다. 선영은 정리된 내용을 대충 눈으로 훑고 다시 대화를 이어갔다.

"이미 1세대가 상용화를 끝내고 2세대까지 출시한 마당에 인공지능 로봇이 살인을 저지르고 다닌다는 사실을 구매자들이 어떻게 받아들여야겠습니까?"

"그것이……. 무책임하게 들릴 수도 있지만, 저희도 의문입니다. 애초에 일사나 아이작은 사람에게 해를 가하는 것 자체가 성립하지 않거든요. 그 둘은 일반 성인의 평균적인 지식과 경험을 기반으로 개발된 로봇들이라서요. 여기까지가 공개된 정보이고, 사실은 수동적인 성향을 조금 더 주입했습니다. 평범하고 기계적으로 일을 처리할 수 있도록요."

기계가 기계적으로 일을 한다는 말이 어색하게 들렸지만, 이번에 발생한 연쇄적인 사건의 범행방식과 대입해보면 나름대로 일리 있는 말이었다. 세 명의 피해자 모두 질식사로 사망했기 때문이다. 어느 것 하나 기계적이지 않은 게 없었다.

"일시적인 오류라고 생각하십니까?"

"그렇게 말하기엔 너무 많은 사람을 죽인 것 같습니다."

라디오 DJ는 어느덧 엔딩 멘트를 끝으로 내일 쌀쌀해진 날씨와 어울릴 주전부리를 추천하며 마지막 인사를 건넸다. 잔잔한 광고 음악이 연달아 흘러나왔다.

"저희 쪽에서도 최선을 다하고 있긴 하지만, 경찰에서 막는 것도 한계가 있습니다. 벌써 피해자가 세 명이나 나왔고, 남은 팀원 하나도 신변 보호를 요청한 상황이지 않습니까?"

"조용히 묻겠다는 말이 아닙니다."

정환은 태블릿 위에 올려진 선영의 손을 덥석 잡았다. 잔뜩 긴장한 것인지 손바닥이 축축했다.

"다만, 저희도 방법을 강구할 시간이 필요합니다. 만약 이 사실이 사용자에게 무작위로 퍼지게 된다면, 주가가 하락하고 회사가 도산하는 것 이상으로 큰 혼란이 찾아올 겁니다."

정환의 눈시울이 붉어졌다. 그는 어둠에 가려질 거라고 생각한 건지 감정에 북받쳐 흘러내리는 눈물을 닦지 않고 내버려두었다.

"기술의 발전이 사람들을 두려움으로 몰아선 안 돼요. 헬프타운은 그런 회사가 아닙니다. 더 좋은 세상을 만들기 위해 애를 쓰는 사람들이 모인 곳입니다."

정환의 말이 틀린 것은 아니지만, 헬프타운의 창업자와 사건을 담당한 경찰관이 막고 싶은 혼란은 어디까지나 같은 수준일 수 없었다. 벌써 냄새를 맡은 기자들이 경찰서 주변을 어슬렁거리기 시작했다. 선영은 격양된 정환의 호소를 듣고 있으니 덩달아 마음이 다급해져서 윤재에게 신호를 보냈다.

윤재는 몸을 돌려 뒷좌석 천장에 설치된 조명 두 개를 동시에 켰다. 안락했던 암흑이 깨지자 정환은 허둥거리며 눈을 가렸다.

"경기수성남부경찰서 형사1팀 한윤재입니다. 혹시나 더 생각나는 정보나 꼭 알려주고 싶은 게 있다면 여기로 연락해주세요."

그는 명함을 정환의 코앞까지 불쑥 내밀었다. 정환은

일순 단절된 감정에 당황한 기색을 감추지 못하고 선영을 돌아보았다. 선영은 내려도 좋다며 문을 향해 태연하게 고개를 끄덕였다. 정환은 어색한 손짓으로 소지품을 챙겨 순찰차를 나섰다.

"시간 내주셔서 감사합니다. 약속한 대로 로봇을 발견한다면 먼저 연락드리겠습니다."

따라 내린 선영이 편안한 미소로 그를 배웅했다. 정환은 고개를 비스듬히 꾸벅하는 것으로 인사를 대신했다.

"선배님, 고생 많으셨습니다. 아이스 카페라테. 시럽 없이 한 샷. 맞으시죠?"

형사1팀 막내인 윤재가 조수석으로 옮겨 앉은 선영에게 커피를 건넸다.

비상등을 끄고 막 출발하려는데, 누군가 다급하게 조수석 창문을 두드렸다. 정환이었다. 선영은 놀란 표정을 숨기려고 창문을 절반만 내렸다.

"혹시 뭐 두고 가신 것 있으세요?"

달려온 것인지 거친 숨을 몰아쉬던 그는 연신 주변을 두리번거리다 선영에게만 들릴 목소리로 조용히 속삭였다.

"어쩌면 아이작이 어떤 위협을 감지한 것일 수도 있어요."

"……무슨 위협인데요?"

정환이 잠시 망설이다 입을 떼려는데 뒤에서 날카로운 클락션 소리가 들렸다. 그는 황급히 목례하고는 신호등을 무시한 채 골목 앞 큰길의 횡단보도를 건너갔다. 선영은 작아지는 정환의 등을 보며 잠시 생각에 잠겼다.

"윤재야, 커피 다 마셨으면 출발하자."

"네, 어디로요?"

"헬프타운."

"이 시간에요?"

윤재는 시계를 확인하곤 아리송하다는 표정을 지었지만, 절반 이상 남은 커피를 힘껏 들이켜더니 아직 마르지 않은 손으로 운전대를 잡았다. 선영은 라디오 소리를 키우며 저녁 뉴스에 귀를 기울였다.

2

정문에 선영을 내려주고 윤재는 주차하고 오겠다며 자리를 떴다. 짙게 깔린 구름만큼 바람이 대차게 불었다. 선영은 재킷을 여미고 걸음을 옮겼다.

원형 건물 두 개를 이어붙인 듯한 모양의 헬프타운은

외벽 전부를 특수한 재질의 유리로 감싸고 있었다. 가까이 가면 내부가 투명하게 드러나 보였지만, 멀리서는 은빛으로 빛을 반사해 시야를 차단했다. 그것이 선영에게는 마치 들여다보고 싶다면 어디 한 번 가까이 와보라는 무언의 경고처럼 느껴졌다.

선영은 다시 마음을 다잡으며 재킷 지퍼를 끝까지 올린 다음 출입문을 밀었다. 헬프타운 내부는 로비 천장이 뻥 뚫려 있어서 작열하는 빛이 아래로 내리쬐는 구조였다. 덕분에 어두운 밤에도 시리도록 밝아 눈을 찌푸릴 수밖에 없었다.

조금씩 날이 선 달빛에 익숙해지자 선영은 슬며시 눈을 떴다. 그러자 로비에 배치된 안내 로봇과 눈이 마주쳤다. 그녀의 가슴팍에는 '라일락'이라는 명찰이 붙어 있었다.

"안녕하세요. 헬프타운입니다. 무엇을 도와드릴까요?"

"오랜만이네요."

"네, 윤선영 형사님. 오늘은 미리 약속을 잡고 오셨을까요?"

라일락은 늦은 밤에도 싱그러운 미소로 선영을 응대했다. 매번 약속 없이 불쑥 찾아오는 선영을 기억하고 이렇게까지 대처한다는 게 새삼 놀라웠다.

라일락은 1세대 인공지능 로봇이지만, 볼 때마다 놀라울 정도로 사람과 생김새가 흡사했다. 그러나 선영은 단 한 번도 라일락을 인간답다고 생각한 적이 없었다. 그녀는 때와 장소를 가리지 않고 완벽했기 때문이다. 밤 11시가 넘은 시간에도 흐트러지지 않은 옷차림과 여느 때와 같이 맑은 목소리, 생채기 하나 없이 뽀얀 볼에 생기를 잃지 않은 눈동자까지. 라일락은 평범한 직장인이라면 할 수 없는 것들을 한밤중에도 거뜬히 해내고 있었다.

겉모습을 떠나서, 사실 선영은 라일락의 업무 처리 방식이 꽤 마음에 들었다. 친절하면서 방문객의 신분을 정확하게 파악하고 기록하는 모습에서 큰 신뢰감까지 느꼈다. 평범한 일반인을 기준으로 만들었다고 하지만, 평범하다는 건 지극히 주관적인 단어이고 어쨌건 인공지능이 탑재된 로봇이니 정보를 처리하는 데는 사람보다 훨씬 더 탁월할 것 아닌가. 미숙한 부분은 하나씩 가르치고 채워나가면 되는 일이었다. 라일락이라면 그것마저 충분히 잘 해낼 수 있을 것 같았다.

문득 정환이 말한 위협이란 이런 것일지도 모르겠다는 생각이 들었다. 언젠가 선영의 자리도 라일락과 그녀의 친구들에게 넘겨줘야 할지 모른다는 상상을 해봤지만, 어쨌건 그날이 오늘은 아닐 것이다. 선영은 주머니에서 경찰 공무원증을 꺼내 보여주며 말했다.

"오늘은 라일락에게 볼일이 있어서 찾아왔습니다. 잠시 시간 내주실 수 있습니까?"

라일락은 여느 때처럼 동그랗게 뜬 눈을 일정한 속도로 깜박였지만, 조금은 놀란 눈치였다. 기계적으로 응대하던 인사말과는 다르게 답이 쉽게 돌아오지 않았다. 인기척이 없는 늦은 저녁 헬프타운의 로비에 정적이 감돌았다.

"헬프타운에 있는 인공지능 로봇은 라일락이 일괄적으로 관리하고 있죠?"

"네, 그렇습니다."

충분히 기다렸다고 생각한 선영은 라일락에게 다시 질문을 던졌다. 라일락이 임의조사에 응하겠다는 뜻으로 답한 건 아니겠지만, 선영은 로봇에게 할 수 있는 배려는 충분히 했다 치고 계속 대화를 이어갔다.

"헬프타운 인공지능 로봇은 모두 자동충전식인데, 라일락이 관리하는 건 어느 부분입니까?"

"저는 헬프타운 내부에 비치된 로봇이 제대로 충전 단자에 꽂혀 있는지 확인합니다. 다음날 업무에 지장이 없도록 유의 깊게 확인하고 있습니다."

"그럼 유전자개발팀 아이작의 충전기를 확인한 적 있

습니까?"

"네, 아이작-13은 충전단자가 헐거워서 반드시 확인이 필요한 모델입니다."

"그 아이작의 충전기를 한번 확인해보고 싶은데 안내 부탁드립니다."

"네, 유전자개발팀은 13층에 있습니다. 저를 따라오세요."

라일락은 의외로 선영에게 순순히 협조해주었다. 엘리베이터에 함께 탄 라일락이 몇 번 버튼을 조작하니 희미하게 전력이 돌아가는 소리가 났다.

헬프타운은 사무실 내부가 밖에서도 훤히 드러나 보이게 설계되어서 위로 오르면 오를수록 엘리베이터 유리 너머로 각양각색의 사무실 분위기가 한눈에 들어왔다. 어떤 층은 암전된 상자처럼 내부를 전부 검은색으로 칠해뒀고, 또 어떤 층은 텅 비워진 사무실에 흙만 깔아뒀다.

밖을 살피던 선영은 한 발 더 뒤로 물러나 라일락을 보았다. 그녀는 앞을 응시할 뿐 말이 없었다. 움직임이 없을 때는 전원을 절약하기 위해 절전모드를 하는 것인지, 아니면 선영처럼 그다음 행동을 예측하고 준비하고 있는지 궁금해졌다. 윤재와 있을 때 느끼던 침묵과 그다지 다를 게 없어 보이는데도 라일락에게는 자꾸만 묻고 싶은 말이 쌓였다.

"13층입니다. 문이 열립니다."

라일락의 안내 음성이 울려 퍼지고 엘리베이터 문이 열렸다. 엘리베이터에서 내린 라일락은 부드럽게 왼쪽으로 몸을 틀었다. 그리고 잠금장치를 풀어 자동문을 작동시켰다. 자동문 위에는 '유전자개발팀'이라는 명패가 붙어 있었다. 마주보는 쪽에는 연구실이 있었다.

"이 큰 사무실을 다섯 명이 쓰나요?"

"네, 유전자개발팀의 조직도는 한 명의 팀장과 세 명의 팀원 그리고 하나의 아이작으로 구성되어 있습니다."

선영은 고개를 끄덕이며 사무실을 살펴보았다. 아이작이 앉았을 자리로 추정되는 의자는 쉽게 찾을 수 있었다. 같은 의자였지만, 다른 팀원들 것과는 다르게 방석이 없었다. 접촉으로 충전이 되는 충전식 의자이기 때문이라 미루어 짐작했다.

아이작의 의자를 만져보던 선영은 불현듯 머리를 스치고 지나가는 기시감에 총집에서 권총을 꺼내들었다. 의자가 따뜻했다.

선영은 책상 아래로 몸을 낮추고 주변을 살폈다. 처음 들어왔을 때 보았던 사무실 전경을 머릿속으로 빠르게 복기했다.

팀장의 자리를 가운데에 두고 그 밑으로 책상이 두 개씩 이어져 있었다. 선영은 출입문 바로 앞 책상 아래에 몸을 숨겼다. 파티션은 팀장과 팀원의 자리 사이에만 설치됐다. 만약 아이작이 아직도 이곳에 있다면.

선영은 허리를 굽혀 팀장의 책상까지 한달음에 이동해 총구를 겨냥했다. 그러나 그곳에는 어지럽게 흩어진 서류 말고는 아무것도 없었다. 해소되지 않은 찝찝한 긴장감이 선영의 주변을 빙빙 맴돌다 완전히 닫히지 않은 팀장의 마지막 서랍장에서 멈췄다. 팀장은 사흘 동안 사무실에 출근하지 않았다. 저 서랍을 미처 닫지 못한 게 자리 주인이 아니라면…….

선영은 발을 뒤로 빼는 것과 동시에 몸을 돌려 총구의 방향을 바꿨다. 그와 동시에 무언가 강한 힘이 그녀를 세게 밀쳤고, 선영은 권총을 쥔 채 바닥에 나뒹굴었다. 선영이 일어서려는 틈을 타 무언가는 문밖으로 도주하려 했다.

탕!

선영은 누운 채로 두 다리에 힘을 주고 자세를 고정해 방아쇠를 당겼다. 도망가던 것은 휘청이며 어깨를 감싸쥐더니 선영을 향해 몸을 틀었다.

탕!

이번에는 선영의 것이 아니었다. 선영은 황급히 몸을 굴러 파티션 뒤로 물러났다. 모서리에 부딪힌 어깨에서 은은하게 통증이 올라왔지만, 그뿐이었다. 선영은 소리가 시작된 방향과 끝이 난 곳을 살펴보았다.

무언가는 비상계단 쪽에서 기척을 감췄고, 소리와 달리 탄흔으로 보이는 것 또한 어디에도 없었다. 선영이 어깨를 털며 바닥에서 일어나자 그제야 문 앞에 멀뚱히 서 있는 라일락의 모습이 눈에 들어왔다.

선영의 마음 깊숙한 곳에서 울컥하며 감정이 치솟았다. 사라진 그것은 아이작일 것이다. 아이작을 잡겠다고 사흘 밤낮으로 잠복수사를 했는데, 이런 식으로 밤마다 헬프타운에 침입해 전력을 공급받고 도주했을 거로 생각하니 피가 거꾸로 솟는 기분이었다.

"알고 있었나요?"

라일락은 여느 때처럼 싱그러운 미소를 지어보였다. 라일락은 당연히 알고 있었을 것이다. 그녀의 업무는 헬프타운의 모든 충전기가 제대로 작동하는지 확인하는 것이었으니까. 다만 그 모든 로봇에 아이작이 포함되어 있으리라 예상하지 못한 것은 선영의 불찰이었다. 라일락은 그저 자신의 업무를 완벽하게 해낸 것뿐이다.

라일락의 동공은 유리구슬처럼 반질거렸다. 선영은

문득 자신을 바라보는 라일락의 시선이 부담스럽게 느껴졌다. 어둠이 드리운 텅 빈 사무실에 인공지능 로봇과 단둘이 남아 있다는 사실을 자각하니 등골이 오싹해졌다. 그것도 조금 전 자신을 죽이려고 했던 로봇과 다를 바 없는 기종의 로봇이 말이다.

선영은 대답이 없는 라일락을 굳이 보채지 않았다. 선영 역시 불쾌할 정도로 고요한 장소에서 더 시간을 지체하고 싶지 않았다. 엘리베이터 쪽으로 발을 옮기는데, 언제부턴가 발밑이 겉도는 느낌이 들었다. 선영은 허리를 굽혀 신발에 챈 동그란 알맹이를 집어들었다.

"도움이 필요하신가요?"

정적을 깨는 라일락의 음성에 선영은 흠칫 놀라 주머니에 손을 깊숙이 넣고 괜찮다는 신호를 보냈다. 의도치 않게 라일락에게 거짓말을 했다. 선영은 라일락의 뒤를 따라 로비에 도착할 때까지 말없이 주머니 속에서 알맹이를 굴렸다. 그럴수록 다음 발을 장전했을 때, 스치듯 보았던 아이작의 움직임이 점점 더 선명해졌다.

3

"뭘 그렇게 보고 계세요?"

운전석에 앉아 눈을 붙이고 있던 윤재가 이제 막 일어난 건지 갈라진 목소리로 물었다. 비바람이 차체를 사납게 때리는 데도 차 안은 묘하게 적막했다.

"아, 별거 아니야."

선영은 손톱만 한 크기의 갈색 알맹이를 다시 주먹에 쥐었다. 윤재는 좌석 등받이를 앞으로 당기다 말고 고개를 갸웃거렸다.

"그거 도토리 아니에요?"

선영은 다시 주먹을 펴 갈색 알갱이를 면면이 살펴보았다. 어디서 본 것 같다고 생각했는데, 꼭지가 떨어진 도토리였다. 윤재는 반들반들한 알맹이를 손가락으로 굴렸다.

"신기하다. 어디서 났어요? 겨울이라 구할 데도 없었을 텐데."

"아까 헬프타운에서 주웠어. 도주하기 전에 아이작이 던지고 간 것 같아."

"이걸요?"

"처음엔 총성인 줄 알았는데, 생각해보니 이게 캐비닛에 부딪히면서 났던 소리였나 봐. 근데 아이작은 도대체 이 날씨에 어디서 도토리를 구한 걸까?"

"뭐……. 거기는 연구실이 있잖아요. 퇴로를 확보하려

면 시간을 벌어야 하니까 바닥에 떨어진 걸 보이는 대로 주워서 던졌나 보죠."

연구실. 선영은 13층 사무실 맞은편에 있던 공간을 떠올려보았다. 아무리 실내 공간이 넓게 빠졌다 해도 참나무를 키울 만큼 충분해 보이진 않았다.

"아, 그리고 선배님 말대로 주차장 주변을 조사하다 당직 서던 직원을 만났는데요. 그 사람이 하는 말이 글쎄 요즘 아이작이 팀원들에게 불만이 많았다고 합니다."

"불만이 많은 걸 다른 팀 직원이 어떻게 알아? 헬프타운은 팀 교류가 거의 없다고 그랬잖아. 그래서 이 사달이 났는데도 조용히 처리할 수 있는 거라고."

"프로젝트 연구실에서 일하는 사람이라 가끔 유전자 개발팀을 방문할 일이 있었답니다. 빈손으로 가기 뭐해서 오렌지 같은 과일을 들고 갔는데, 최근에 아이작이 이제는 껍질이 있는 과일은 간식으로 안 들어왔으면 좋겠다고 말했대요."

선영은 입에서 바람 빠지는 소리를 내며 웃었다. 껍질이 있는 과일은 보통 신입이 반드시 거치곤 하는 단계가 아닌가. 선영 역시 예외는 아니었다.

"로봇이 그런 말도 한대?"

"그럴 만도 한 게 거기 팀원들이 사무 보조로 개발된

로봇한테 별 이상한 짓을 다 시켰더라고요. 사적인 심부름은 기본이고 퇴근 후에는 대리운전에, 심지어 팀장은 주말에 아예 자기 집으로 데려와서 집안일까지 하라고 지시했답니다."

그제야 선영은 아이작이 자유롭게 사무실을 벗어나 돌아다니는 것과 팀장이 자기 집 주변까지 신변 보호 요청을 한 이유를 이해할 수 있었다. 그러면서 기분 나쁜 기억이 스멀스멀 머릿속을 기어다니기 시작했다. 업무 지원이라는 명목하에 부당한 일을 떠맡던 건 선영에게도 낯선 일은 아니었다.

선영은 빗물에 일렁이는 앞유리 너머로 희미하게 불을 밝힌 건물을 올려다보았다. 제집에 있는 것도 불안해하는 통에 팀장은 결국 헬프타운이 제공한 임시숙소에서 보호하게 되었다.

"이런 말 해도 되는지 모르겠는데……."

윤재는 잠시 말을 멈추고 고민에 빠졌다.

"뭔데 그래?"

"그 로봇, 갑질을 당했던 것 같습니다."

선영은 어이없다는 듯이 한숨을 쉬며 윤재의 말을 끊었다.

"갑질? 왜, 아예 범행동기가 직장 내 괴롭힘이라고 발

표하지."

"아니, 뭐 틀린 말도 아니잖아요. 그래도 회사 안에서는 엄연히 하나의 팀원인데."

"그럼 너는 내가 커피 심부름시키면 막 분노가 차올라서 복수하고 싶어?"

"네? 아뇨. 그건 그냥……."

"그래, 아이작도 너처럼 어쩔 수 없는 일이라고 생각했겠지."

선영은 부당한 업무를 떠맡을 때 오는 모든 스트레스의 원인이 쳐내지 못한 본인에게 있다고 단정 지었지만, 온전히 개인의 탓으로 치부하기엔 아직은 억울한 일이 더 많다는 것에도 동감했다. 불편한 기색을 보이면 책임감 없는 사람으로 쉽게 내몰리는 환경이지 않은가. 동시에 이런 악습이 사람을 거쳐 로봇에게까지 학습되는 현실을 직면하니 씁쓸함을 삼킬 수밖에 없었다.

어색한 침묵이 차 안을 감돌았다. 선영은 윤재가 사 온 커피에 손을 뻗으려다 멈칫했다. 윤재에게 어쩔 수 없는 일이라 말한 것이 조금 후회되었다. 선영은 커피 대신 발밑에 있는 우산을 집어들었다. 팀장을 보호 중인 숙소 주변을 크게 한 바퀴 돌아볼 작정이었다. 그때.

쾅!

차체를 울리는 굉음과 함께 선영과 윤재가 타고 있는 순찰차 보닛 위로 사람이 떨어졌다. 팀장의 곁을 전담해서 지키던 강력팀 계장이었다. 다행히 의식이 있는지 계장은 보닛에서 바닥으로 굴러떨어지며 가슴을 움켜쥐고 괴로운 숨을 몰아쉬었다. 선영은 황급히 권총을 꺼내 들고 밖으로 나섰다. 차 문을 열자마자 내리던 비바람이 거세게 선영을 몰아붙였다. 태풍이 예보보다 더 빠르게 다가오고 있는 것 같았다. 선영은 윤재에게 구급차를 부르라 지시한 다음 몸을 낮춰 재빠르게 실내로 진입했다.

현관문을 열자 바로 보이는 계단에서부터 형사들이 맥없이 쓰러져 있었다. 선영은 총구를 계단 쪽으로 고정하고, 그 옆에 널브러져 있는 무전기를 들었다. 무전기의 통신은 전부 끊어져 있었다.

선영은 단숨에 계단을 올라 계장이 떨어졌을 위치를 가늠해 그곳으로 바쁘게 걸음을 옮겼다. 곧 복도 끝에서 다용도실처럼 보이는 작은 문을 발견했다. 풍압에 닫힐 듯 말 듯 불규칙적으로 움직이는 문틈 사이로 거센 비바람이 커튼을 휘감아 올리는 소리가 울렸다.

어느새 따라온 윤재가 벽에 붙어 방문을 열겠다는 신호를 했다. 선영은 고갯짓과 동시에 총구를 들이밀고 안으로 진입했다. 문이 열리자마자 바로 보이는 것은 두 평 남짓한 공간에서 베개를 들고 있는 아이작이었다. 그 밑에선 팀장이 간이침대에 누워 베개에 얼굴이 짓눌린 채로 발버둥 치고 있었다.

선영은 망설임 없이 방아쇠를 당겼다. 저번에 명중시킨 오른쪽 어깨 경계에 다시 총알이 박히자 아이작의 팔이 맥없이 떨어져나갔다. 덕분에 무게중심이 무너지며 팀장의 숨통을 막고 있던 베개가 침대 옆으로 떨어졌다. 깨진 창문으로 강한 비바람이 몰아쳤다. 팀장은 콜록거리며 창문이 있는 벽 쪽으로 기어가면서 쉰 목소리로 살려달라고 외쳤다.

선영은 둘 사이로 달려들어 아이작의 시야에서 팀장을 완전히 차단했다. 등 뒤에서 몰아치는 비바람에 몸이 휘청거렸지만, 그럴수록 눈에 더 힘을 주며 총을 조준하고 말했다.

"아이작, 움직이지 마."

아이작은 바닥에 떨어진 오른팔과 어깨에서 드러난 전선을 번갈아 보다 다시 베개를 집으러 허리를 굽혔다. 윤재가 그 틈을 파고들어 그를 제압하려 했다. 그러나 몸집이 있는 윤재가 아무리 밀어도 아이작은 꿈쩍하지 않았다. 도리어 아이작에게 어깨를 잡힌 윤재는 힘없이 바닥으로 무너졌다. 선영은 이번에는 그런 아이작의 머리에 총을 겨냥했다.

"다 끝났으니까 이제 그만 하라고."

팀장은 살려달라며 울부짖었고, 어깨를 밟힌 윤재는 도망가라고 소리쳤다. 빗소리는 점점 더 커졌다.

아이작은 아무 말 없이 깨진 창문 너머로 시선을 보냈다. 착각일 수도 있겠지만, 마치 아이작은 팀장을 살해하는 것이나 도주하는 것 말고도 다른 목적이 있는 것 같았다. 선영은 흔들리는 시선으로 서서히 총구를 아래로 내리고 아이작을 살폈다.

사무실용 로봇으로 개발된 아이작에게 밖은 너무도 험난한 곳이었다. 깨끗하고 부드러웠을 피부는 부분이 찢기고 뜯어져 철제 구조가 튀어나와 있었다.

그런데도 아이작은 여전히 라일락과 다를 바 없어 보였다. 싱그러운 미소와 반질거리는 눈동자로 선영을 응대하고 있었다. 고요한 침묵 속에 팽팽한 긴장감이 정체를 감추고 몸을 사렸다.

기회를 노리고 있던 윤재가 아이작의 발목을 붙잡고 비틀었다. 사람이었다면 비명을 지르며 넘어졌을 테지만, 아이작은 대수롭지 않게 돌아간 발목에서 신발을 벗어던지고 깨진 창문 너머로 뛰어내렸다.

다시 정신을 차린 선영은 아이작을 따라 다급히 계단을 내려갔다. 헬프타운에서 미끄러질 때 발목이 접질렸는지 오른쪽 종아리가 뻐근했다. 선영은 절뚝거리면서도 걸음을 멈출 수 없었다.

이제 비는 앞이 보이지 않을 정도로 퍼부었다. 이 날씨에 전선까지 노출된 아이작이 셧다운되는 건 시간문제였다. 선영은 아이작이 사라진 산 길목에서 잠시 망설였다. 겨우 사람 하나가 들어갈 법한 오솔길의 끝은 얼마나 깊은지 칠흑같이 검었다.

뒤에서 윤재가 고래고래 소리를 질렀다. 사정없이 태풍에 흔들리는 나뭇가지 때문에 제대로 알아들을 수 없었다. 선영은 눈을 질끈 감고 숲속으로 달려들었다. 힘없이 매달려 있던 잎사귀들이 속절없이 바닥으로 떨어지며 선영을 스치고 지나갔다. 무작정 옆에 있는 나무를 붙잡아보려 손을 뻗었지만, 튀어나온 가지에 손바닥만 긁혔다.

숲길에서 지체하는 시간이 길어지자 바람에 섞여 어디선가 노랫소리가 들린다는 착각마저 일었다. 고통에 익숙해질 때쯤, 저 멀리서 희미한 빛이 보였다. 아이작의 떨어진 어깨에서 피어나는 스파크 같았다. 선영은 시야를 멀리 띄우며 힘겹게 발을 뗐다. 선영은 자신도 모르게 소리를 지르며 아이작을 부르고 있었다.

얼마나 더 걸었을까, 무언가 폭신한 느낌이 선영을 감싼 다음 뱉어내듯 그녀를 앞으로 떠밀었다. 순식간에 빗소리가 신기할 정도로 잠잠해졌다. 비가 온 다음 날 맑게 갠 하늘 아래에서 맡았던 흙냄새가 났다. 이미 오래전 일이라 빛바랜 감각이었지만, 선영은 그리움이 가실 때까지 숨을 깊게 들이마시다 얼굴의 빗물을 훔치며 살며시 눈을 떴다.

선영의 앞에 아름드리나무가 광활하게 펼쳐져 있었다. 겨울이라는 날씨에 어울리지 않은 녹음이었다.

마치 숨겨진 낙원에 도달한 듯했다. 이제 막 흙을 비집고 자라나는 잔디가 선영의 발끝을 간지럽혔다. 선영은 조심스럽게 걸음을 옮겼다. 두 팔을 크게 벌려 안아도 다 닿지 않을 고목이 줄을 맞춰 서 있었다. 모두 생채기 하나 없이 건강하고 단단한 나무 기둥뿐이었다. 그 위로 풍성하게 펼쳐진 잎사귀는 겹겹이 자라 내리는 비를 막아주었고, 단단히 고정된 나무가 태풍의 바람을 튕겨내고 있었다. 흔들리지 않는 나무의 숲이었다.

다시 바람이 부는지 저 멀리서 파도 소리가 났다. 모든 것을 쓸어가버릴 것처럼 밀려온 파도는 숲에서 어떤 흔적도 남기지 못하고 사라졌다.

선영은 주머니에서 도토리를 꺼내보았다. 숲의 중앙에 자리한 참나무에는 선영의 손에 있는 도토리와 같은 것들이 풍성하게 맺혔다. 그리고 그 아래에는 나무 밑동에 기대앉은 아이작이 있었다.

그는 지쳐 있었다. 아니, 지친 것처럼 보였다.

비를 맞은 아이작의 머리카락은 뻣뻣하게 뭉쳤고, 떨어진 팔에서는 작은 불꽃이 반복해서 피어올랐다. 꺾인 발목을 타고 흘러내리는 기름은 나무뿌리 사이에 웅덩이로 고였다.

선영은 아이작에게 묻고 싶은 말이 많았지만 좀처럼 입이 떨어지지 않았다. 그런 선영의 마음을 읽은 듯 아이작은 말없이 왼손을 들어 선영의 도토리를 가리켰다. 멀지 않은 곳에서 윤재의 목소리가 들렸다. 윤재가 요청한 기동대가 도착한 것인지 여러 명의 인기척이 사방에서 느껴졌다. 다들 이 괴상한 숲의 정체에 얼떨떨한 눈치였다.

"선배님, 위험해요!"

아이작과 대치한 선영을 제일 먼저 발견한 윤재가 소리치자, 다른 형사들이 일제히 달려와 순식간에 그를 제압했다. 윤재는 아이작의 어깨를 밟아 누르며 소화액을 마구 뿌려댔다. 선영은 그럴 필요가 없다는 것을 알고 있었다. 여전히 싱그럽게 웃고 있는 아이작의 눈은 더 이상 반질거리지 않았기 때문이다.

4

윤재는 다친 어깨가 불편한지 팔을 돌리며 조사실에서 나왔다.

"완전히 갔다고 하던데요."

"백업된 데이터도 없대?"

"네, 비를 너무 많이 맞아서 복구가 어렵대요."

"어렵다는 거야, 안 하겠다는 거야?"

윤재는 어깨를 으쓱하는 걸로 대답을 대신했다. 선영은 유리벽 너머로 조사실에 앉아 있는 정환을 지켜봤다. 낯선 환경에 당황한 것처럼 보였지만, 그는 내심 안심하는 눈치였다.

그 이유가 로봇을 회수해서인지, 헬프타운을 구할 방도를 찾아서인지는 굳이 캐묻고 싶지 않았다.

"진술서 다 썼으면 보내줘. 참고인 조사 시간 다 됐다."

"선배님 생각은 어떠세요? 김정환 씨가 아이작을 이용해서 실패한 프로젝트를 묻으려 했던 걸까요? 저 사람 인공지능 로봇 초기 개발에도 참여했었잖아요."

"그만하고 보내라고. 너도 병원 다녀와. 나이 들어서 어깨 시리다고 후회하지 말고."

선영의 방어적인 대답에 윤재는 툴툴거리며 서류를 정리했다. 선영은 주머니에 손을 넣고 가만히 도토리를 만지작거렸다. 윤재가 나가자 선영은 맨 앞 장에 놓인 정환의 진술서를 꺼내 읽어보았다.

흔들리지 않는 나무의 정체는 날씨와 계절에 상관없이 목표한 생산량을 일정하게 얻어 낼 수 있게 유전자를 조작한 나무였다. 바다가 뜨거워지면서 끊임없이 불어오는 태풍과 급격한 온도변화에 대비하기 위해 헬프타운이 공들여 준비한 프로젝트의 일환이었다.

성과는 더할 나위 없이 획기적이었다. 흔들리지 않는 나무는 태풍의 영향권이나 가뭄에도 온화한 날씨와 똑같이 특상의 과실을 생산해냈다. 그렇게 해서 얻은 결실에 결함이 있다는 걸 알기 전까지 말이다.

그것을 처음 발견한 건 아이작이었다고 했다. 프로젝트의 성공과 실패 여부를 경우의 수로 조합하고 분석한 결과 흔들리지 않는 나무에서 자란 과실은 번식이 불가하다는 것을 찾아낸 것이다. 그대로 유통된다면 당장은 풍족할지 몰라도, 작물이 더 이상 종자를 만들지 못하니 끝내는 모든 재배 가능한 것들이 절멸할 터였다. 유전자개발팀은 그 사실을 알고도 묵인했다. 팀장은 적절한 때에 알리려 했다고 주장했지만, 그가 말한 적절한 때는 이미 개발 시약이 전국적으로 보급된 이후였다.

이번 사태에 책임을 통감한 헬프타운은 대국민 사과와 함께 프로젝트를 전면 중단하고 1세대, 2세대 인공지능 로봇을 모조리 폐기하겠다는 결정을 발표했다. 아이러니하게도 같은 날 3세대 인공지능 로봇에 관한 사업 설명서가 인터넷에 유출됐다.

선영은 조사실 의자에 기대앉아 오지 않을 미래를 그려보았다. 헬프타운이 만들고 싶다던 더 좋은 세상이 사람들을 전부 굶겨 죽일뻔했던 멸종의 순간을 상상했다. 선영은 얼마 안 가 시들해졌다. 그런들 이기적인 인간은 언제나 그렇듯 살아남는다는 걸 알아버렸기 때문이다. 본성이 그렇다. 그들에겐 살아남는 길 말고는 다른 것이 없다.

선영은 그다음 장에 놓인 팀장의 진술서를 읽어보았다. 그곳에는 그가 아이작에게 했던 다양한 가혹행위가 간략하게 적혀 있었다. 선영은 도토리를 몇 번이고 반복해서 만지다 잃어버리기 싫어 주먹을 꽉 쥐었다.

이제 지구상에 흔들리지 않는 나무는 없다. 흔들려도 쓰러지지 않길 바라는 나무만 남았다. 문득 참나무 아래에 기대 누워 있던 아이작의 모습이 떠올랐다. 아이작이 죽었다는 생각에 기분이 묘했다. 그를 똑 닮은 로봇이 경찰서 창고에 쌓여 있는데도 말이다.

작가의 말

처음 이 글을 생각하게 된 것은 태풍이 치는 날 했던 늦은 퇴근 때문이었다. 태풍 예방을 위해 창문 틈에 끼워두려고 미리 상자를 잘라뒀는데, 몸이 너무 고돼서 제대로 마무리 못 하고 잠들어버렸다. 그래서 새벽 내내 창문이 깨질까 전전긍긍하며 잠을 설쳤다. 다음 날 일어나보니 창문은 멀쩡했고, 집 주변에 있던 나뭇가지만 죄다 부러져 바닥에 나뒹굴고 있었다. 제대로 치우기도 전에 또 태풍이 온다는 경보 문자가 왔고, 나는 어김없이 야근을 했다.

직장생활을 시작하면서 스트레스받는 일은 수도 없이 많았지만, 진심이 쓸모없어지는 순간을 인지할 때가 가장 좌절되었다. 나의 최선이 최고가 될 수 없을 때마다 무작정 도망치고 싶었으나 내일 또 출근해야 해서 실상 그렇게 멀리 갈 곳도 없었다. 그럴 때 위로가 되어줬던 건 가족과 친구들, 가까이에서 응원해주는 동료들, 멀리서도 잊지 않는 지인들, 그리고 내가 좋아하는 것들. 글이라던가, 노래라던가, 맛있는 음식들이었다.

오늘도 고된 하루를 보내고 꼬박 잠들어 새벽이 오는 소리를 들으며 깬다. 결국, 나에게 있어 모든 부정을 이기는 힘은 사랑뿐이었다. 더 많이 사랑하고, 더 깊이 빠져버리는 것. 그것만이 어제를 기억하고 오늘을 살며, 다시 내일을 기대하게 해준다.

이달의 장르소설

헤어져드립니다

조혜린

2015년 『덧니』로 글빛문학상을 수상하며 작가의 길로 들어섰다. 2019년 영화진흥위원회 시나리오 공모전에 입선했고 2021년 컴투스 글로벌 콘텐츠문학상 최우수상을 받았다. 2022년 「러브 플레이어스」로 메타버스 장르문학상을 수상했으며 제9회 대한민국 과학소재 단편소설 공모전에 당선된 「개안하고 싶어요」가 밀리의서재 밀리 오리지널로 출간됐다.
이야기를 통해 먼 곳에 닿지 않는 이들한테까지 마음과 시간을 나눌 수 있는 사람이고 싶다. 장르와 미디어를 가리지 않고 여러 작품에 참여하고 있다.

"지금 저 놀리시는 거죠?"

정 프로의 말이 끝나기가 무섭게 여자는 황당하다는 듯 웃었다. 이미 수차례 겪은 일이었다. 생전 처음 본 사람이 다가와 이별의 말을 건네는데 과연 누가 진지하게 받아들일 수 있을까. 정 프로는 카페 책상 앞에 놓인 아이스 커피를 잠시 물끄러미 내려다보았다. 얼음이 녹은 아메리카노는 어느새 옅어져 있었다. 그는 빨대로 커피잔을 휘저으며 말을 이었다.

"죄송하지만 사실입니다. 만나고 계시던 김하성 씨께서 의뢰한 건이에요."

여자는 이해가 되지 않는 듯 물었다.

"왜요? 뭐 때문이래요?"

정 프로는 난감한 표정을 지었다. 왜라니. 왜일까. 이별을 고하는 데에 수십 가지의 이유야 있겠지만 궁극적으로는 똑같았다. 더 이상 사랑하지 않아서? 그 사람의 매력이 부족해서? 흔히들 말하는 성격 차이? 아니, 굳이 따져보자면 더 이상 그 사람을 참아낼 마음이 없어서다.

"듣기로는…… 여자친구분께서 결혼 생각이 전혀 없으시다고요."

그러자 여자는 그게 무슨 소리냐는 듯 눈을 동그랗게 떴다.

"맞아요. 저는 비혼주의자니까요. 그 사람도 알아요. 처음 만났을 때부터 알고 있었어요."

정 프로는 다시 조심스럽게 입을 열었다.

"네, 아마 그래서 저한테 부탁하신 거 같아요. 이미 알고 계셨던 상황이다 보니, 마음이 바뀌었단 사실을 알려드리기가 쉽지 않으셨겠죠."

"그렇군요."

여자는 무슨 말을 더 하려다 입을 다물었다. 이별 대행 서비스를 맞이하는 사람들의 반응은 다양했다. 누군가는 왈칵 눈물을 쏟아냈고, 어떤 이는 어안이 벙벙한 얼굴로 의뢰인에게 확인 전화를 시도하는가 하면, 일부는 충격과 공포로 인한 침묵으로 일관했다. 하지만 이 서비스가 끝날 무렵에는 모두들 비슷한 표정으로 자리를 뜨곤 했다. 세상에 대한 환멸과 인류애를 잃은 얼굴들. 이때는 서비스업체를 전전해 온 7년 경력의 베테랑 정 프로마저도 인내심이 필요한 순간이었다.

여자는 시간이 필요해 보였다. 잠시 후, 그녀가 두 손을 올려 마른세수하면서 얼굴을 쓸어내렸다. 정 프로는 서둘러 냅킨을 건넸다. 곧이어 눈물을 글썽일 상대에게 미안한 마음이 들었다. 미리 속으로 몇 가지 위로의 패턴을 그려보았다. 더 좋은 사람을 만날 것이라는 말은 식상했다. 너무 기분 상해하지 말라는 멘트는 지나치게 남 일 같았다. 욕을 하셔도 돼요, 는 괜한 오지랖일 수 있었다. 머릿속으로 시뮬레이션을 해보았지만, 상황에 적합한 말이 떠오르지 않았다. 심지어 억지로 떠올리는 것조차 딱히 내키지 않았다.

정 프로가 망설이는 사이 여자는 손을 내리고 다시 입을 열었다.

"근데 이해는 안 되네요. 참, 나. 제가 비혼주의라는 이유로 이렇게 비인간적인 처사를 받아도 되는 건가요?"

그녀는 화끈거리는 얼굴에 손부채질하며 말을 이었다.

"그래도 나름 잘 맞는 구석이 있거든요. 저는 전혀 몰랐어요. 솔직히 지금도 잘 지내고 있다고 생각했는데……."

"아, 그러신가요."

"그리고 진짜 사랑한다면. 그러니까 믿음이 있는 사이라면, 결혼 안 하고도 평생 함께할 수 있어야 하는 거 아니에요?"

여자의 목소리가 고조되더니 손이 파르르 떨렸다. 그녀는 심호흡을 하더니 어처구니가 없는 듯 관자놀이를 짚었다.

상대는 의뢰인이 설명했던 것보다 훨씬 강인한 느낌이 드는 인상의 소유자였다. 작은 체구와 흰 피부, 쌍꺼풀 없는 눈과 낮고 작은 코. 그리고 무엇보다 희미하게 내려앉은 얇은 눈썹까지. 외관적으로는 유약해 보일 수 있지만 눈빛과 어투에서 자신만의 분명한 주관과 기준이 느껴졌다. 섣불리 단정할 수는 없었으나 지레짐작해 볼 수는 있었다. 여자는 감정에 최선을 다하는 사람이지만 절대 부조리한 관습과 부족한 현실에 자신을 구겨 넣는 타입은 아니었을 것이다. 반면 남자는 개방적인 사고관을 가지고 있다면서 상대방이 자신의 방식에 맞춰주기를 바랐겠지. 솔직하지 못해서 생기는 문제들. 가치관과 성향이 다른 두 사람의 관계에서는 분명 타협할 수 없는 지점이 많았으리라.

다시 긴 침묵이 흘렀다. 여자는 무언가를 더 말하려다 입을 닫고 굳건한 표정으로 일어났다. 정 프로는 더 이상 어떠한 위로의 말도 그녀에게 불필요하다고 생각했다. 어느새 여자의 표정은 차분하게 가라앉아 있었다.

"욕보셨네요. 말씀 전달하시느라."

"아닙니다."

"저…… 그리고."

"네?"

"언젠가 살면서 우연히라도 또 만나 뵙게 되면 부디 아는 척 말아주세요. 좀…… 쪽팔려서요."

정 프로는 카페를 빠져나가는 여자의 뒷모습을 향해 꾸벅 고개를 숙였다. 유리창 너머로 여자가 펼쳐 든 비닐우산이 멀어지는 게 보였다. 밖에는 실낱같은 빗줄기가 내리고 있었고, 어느덧 그녀의 초록 셔츠는 인파에 묻혀 보이지 않았다. 정 프로는 털썩 자리에 앉아 기나긴 한숨을 내쉬었다. 목구멍이 갑갑해 숨이 잘 쉬어지지 않았다.

이별 대행은 대행 서비스 중에서도 고난도 작업인 편에 속했다. 기본적인 연기력은 필수요, 면대면 응대 시 용모도 깔끔해야 하며 예기치 못한 상황이 와도 잘 대처할 수 있을 임기응변까지 필요했다. 그중에서도 가장 난이도 높은 요건은 포커페이스였다. 절대 상대의 감정에 휩쓸리지 않고 그 자리에서 끝까지 이별 통보를 완수해낼 것. 말은 쉽지만 꽤 인내심을 요하는 지난한 작업이었다.

정 프로는 한동안 이별 대행 업무를 맡을 생각이 없었다. 이러한 결심이 선 데에는 지난번 프로젝트 탓도

켰다.

지난 작업에서 정 프로는 의뢰인의 사촌오빠 역할을 맡았다. 가족으로 빙자해 동생의 연인에게 헤어짐을 고해야 하는 연기였다. 그런데 실제로 남자친구를 대면한 순간, 저도 모르게 얼어붙고 말았다. 상대가 머릿속으로 그렸던 것보다 훨씬 더 험상궂었기 때문이다. 아슬아슬하게 역할극을 이어나가던 무렵, 아니나 다를까 남자가 의뢰인과 정 프로의 싱크로율을 들먹이며 탁상을 뒤엎었다.

"구라치고 있네. 아무리 봐도 너희 둘 면상 스타일이 존나 다른데."

"진짜 우리 사촌오빠라니까. 제발 진정 좀 해."

"지랄하네. 너 얘 여자로 보지? 그치?"

손버릇이 나쁜 남자친구였다. 여자 쪽에서 서비스를 신청한 이유도 평소 폭력적인 남자친구의 이별 후 보복에 대한 두려움 때문이었다. 남자는 다짜고짜 정 프로의 멱살을 잡아끌고 으슥한 골목길로 가더니 벽에 세게 밀쳤다.

"너 뭐 하는 새끼야, 어?"

정 프로는 이를 꽉 깨물고 답했다.

"뭐 하는 새끼긴. 경찰이다. 당신 이거 아주 안 되겠네."

"뭔 개소리냐?"

주머니에서 준비해둔 가짜 배지를 보여주자 남자의 얼굴이 확 구겨졌다. 때마침 미리 부탁해둔 동료의 차가 사이렌 소리를 울리며 골목길 쪽으로 가까워져 왔다. 남자는 그제야 현실감각을 되찾았는지 멱살 잡은 손을 풀며 여자한테 경고했다.

"시발, 진짜. 그래, 니랑 나랑 이제 완전 쫑이다."

난생처음 겪어본 공포였다. 멀어져가는 남자를 보며 자신도 모르게 입 밖으로 다행이다, 라는 말이 새나왔다. 그리고 눈물을 훔치고 있는 여자친구를 보면서 괜한 동질감을 느꼈다.

감정적으로 피로도가 높은 일이었다. 정 프로는 이별대행을 할 때마다 자꾸만 몸 어딘가가 부서져 내리는 느낌을 받았다. 원치 않는 이별, 예상치 못한 이별, 지독한 이별, 부끄러운 이별, 마음 아픈 이별, 홀가분한 이별……. 이별 앞에는 그 어떤 수식어를 갖다 붙여도 이상하지 않았다. 세상의 모든 관계는 생각보다 쉽게 끝이 났다. 오래된 사이어도 손바닥 뒤집히듯 뒤집힐 수 있었고 소원해지는 것도 한순간이었다. 처음에는 이별 통보에 상처받은 사람들을 보는 것이 괴로웠다. 하지만 이제는 그들의 아픔 앞에 무덤덤한 스스로가 더 견디기 힘들었다.

그래서 김하성이 의뢰한 건은 처음부터 뛰어넘길 작정이었다. 제대로 사연을 읽어보지도 않은 채 서비스 탭을 건너뛰었다. 정 프로가 채택하지 않았으니 자연스레 다른 도우미로 배정될 수순이었다.

그런데 며칠 후, 해당 의뢰는 반송된 편지처럼 다시 그에게 돌아왔다. 신청 접수 문서의 비고란에는 의뢰인 요청 사항이 달려있었다.

— 예전에 건너 아는 지인한테 추천받은 도우미가 있습니다. 본인을 정 프로라고 소개한다고 들었습니다. '홍대 김 씨 찾기'의 그분이시라고요. 해당 도우미로 배정해주시길 희망합니다.

아니, 홍대 김 씨 찾기를 기억하는 사람이 있다고? 글을 읽은 정 프로의 얼굴이 화끈거렸다. 물론 그 건은 인터넷에서도 '이별 대행'을 치면 나올 정도로 유명한 정 프로의 데뷔작이었다. 지금이야 종합 대행 서비스의 영역이 넓어졌지만 6년 전만 해도 역할 대행은 거의 하객이나 조문객 서비스 정도에 지나지 않았으니.

처음에는 정 프로도 하객 아르바이트로 일을 시작했다. 투입하는 시간이나 노동력 대비 페이는 높은 편인 아르바이트를 찾았더니 하객 대행만 한 게 없었다. 괜찮은 시급에 식대까지 챙겨주니 일석이조였다. 무엇보다 자신이 아르바이트생이라는 사실을 아무도 모르니 좋았다. 정 프로는 한동안 이곳저곳 업체를 옮겨 다니며 하객 아르바이트를 병행했다. 워낙 관습에 얽매이지 않는 자유분방한 성격이라 넉살 좋게 친지인 척, 친구인 척 연기할 수 있었다. 그리고 어느 정도 연기에 자신감이 붙었을 무렵, 허 실장을 만났다.

강남 모처의 웨딩홀에서 열린 야외 결혼식장에서 신랑 측의 친구로 참석한 날이었다. 식당에서 혼자 밥을 먹는데 웬 회색 양복을 입은 남자가 곁에 다가와 앉았다.

"신랑 쪽 친구가 별로 없나 보네. 이렇게 사람을 많이 부른 걸 보면."

"예?"

"아르바이트 중이신 거, 맞죠?"

허 실장은 자신을 종합 대행 서비스 '에이플러스 사람'의 대표라고 소개했다. 그는 앉은 자리에서 몇 마디를 나누더니 갑자기 새로운 일을 해보지 않겠느냐며 명함을 건넸다. 처음에는 일면식도 없는 사람의 제안이었기에 바로 거절할 생각이었다. 적어도 그가 제시한 시급을 듣기 전까지는, 그랬다.

"한 시간 반 정도에 삼십만 원."

"네? 얼마요?"

"하객 아르바이트는 아니고, 연기가 좀 필요해요. 보아하니 용모도 단정하시고 인상도 좋으신데, 다른 역할도 좀 해보셨어요?"

허 실장은 낡은 가죽 가방 안에서 서류 폴더를 꺼내 내밀었다. 안에는 종합 대행 서비스를 소개하는 전단지와 각종 접수 신청서들이 있었다. 그는 파일 홀더를 넘기더니 어딘가에서 시선을 멈췄다.

"이런 건 어때요? 의뢰인하고 나이 또래도 비슷하시고. 어울리실 것 같은데."

그가 내민 사연은 황당무계했다. 자신을 만나면서 몰래 전 여자친구와의 만남을 지속하는 남자친구에게 이별을 고하고 싶은데 복수할 방법을 알아봐달라는 내용이었다. 사연 아래에는 허 실장이 고안해낸 가상의 시나리오가 적혀 있었다.

글을 읽은 정 프로는 쿡, 실소를 터뜨렸다.

"그러니까 제가 이 여성분을 오랫동안 찾아왔던 것처럼 연기하면 된다고요?"

"네."

"홍대 카페에 이 커플이 앉아 있을 건데. 제가 갑자기 난

입해서 10년 전 첫사랑을 만난 것처럼 연기하라는 거죠?"

"그렇습니다."

정 프로는 더 이상 참지 못하고 푸핫, 소리 내어 웃었다. 누가 봐도 몰래카메라를 의심할 법한 이야기였다.

"아, 그리고 웬만하면 주변 사람들의 시선을 끌 정도로 동작이나 말을 크게 해주세요. 노이즈가 발생하면 발생할수록 좋을 것 같거든요."

허 실장은 양복 주머니 안에서 현금으로 십오만 원을 꺼내며 의뢰인의 사연과 접수된 신청서를 건넸다.

"하신다면 선금부터 드릴게요."

얼굴에서 웃음기가 걷힌 건 그때였다. 눈앞에 달랑거리는 지폐들을 보고 있으니 입안에 단물이 고였다. 삼십만 원이면 하객 아르바이트를 대여섯 번 뛰어야 하는 금액이다. 그런데 이렇게 쉽게 벌 수 있다고? 정 프로는 고민하다가 에라 모르겠다, 돈을 받아들었다. 어차피 남아도는 시간에 비해 생활비는 턱없이 부족했다.

그것이 정 프로의 첫 '이별 대행 서비스'였다.

아침부터 내린 진눈깨비로 홍대 도로 위에 무수한 무수한 사람들의 발자국이 새겨진 날, 정 프로는 의뢰인이 기다리고 있겠다는 홍대입구 3번 출구 근처의 프랜

차이즈 카페로 향했다. 다가올 성탄절로 거리는 시끌벅적 소란스러웠다.

정 프로는 카페의 묵중한 유리문을 밀고 들어가자마자 1층 중앙 자리에 앉아 있는 의뢰인을 발견했다. 빨간색 스웨터에 긴 치마, 어그 부츠. 앞머리가 있는 긴 머리. 옆에는 남자친구처럼 보이는 사내가 떨떠름한 얼굴로 앉아 커피를 홀짝이고 있었다. 한눈에 보아도 냉랭하고 시큰둥한 분위기의 커플이었다. 연말을 보내는 연인들의 다정함이라고는 찾아볼 수 없었다. 정 프로는 옆 테이블에 앉아 타이밍을 살피면서 기다렸다. 한 10분 정도 지났을까. 의뢰인과 눈이 마주친 정 프로가 호들갑스럽게 자리에서 일어났다.

"어, 지현아! 너 선문고 김지현 아니야? 내가 널 얼마나 오랫동안 찾아다녔는데. 세상에!"

만약 지금이었다면 절대 '세상에'라는 말은 입 밖에도 내지 않았을 것이다. 하지만 당시에는 진짜 첫사랑을 찾아다닌 사람처럼 잔뜩 긴장한 척을 해야만 했다. 정 프로는 자신이 얼마나 애타게 지현을 찾았는지 설명하면서 여자한테 살갑게 다가갔다. 서툰 연기력이었지만 모르는 사람이 보면 숫기 없는 동창생같이 보였을 거다. 남자친구는 의심하는 기색 없이 놀라워하는 눈치였다. 그렇다고 질투를 한다거나 기분이 상한 듯 보이지는 않았다. 마치 너희 둘이 이왕 이렇게 된 거 한 번 잘해보지 그래, 정도의 반응이었다 할까. 카페 밖으로 나오고 나서야 정 프로는 잔뜩 참았던 숨을 몰아 내쉬었다. 유리창에 비친 얼굴은 꼭 진짜 첫사랑을 만난 사람 마냥 새빨갛게 달아올라 있었다.

이후 의뢰인은 서비스업체 홈페이지에 그를 추천하는 기나긴 장문의 후기를 남겼다. 게시물은 '역할 대행 서비스 직원의 프로정신'이라는 제목으로 여러 커뮤니티 사이트를 통해 알음알음 퍼져나갔다. 성씨 뒤에'프로'라는 직함이 붙은 것도 그때였다.

정 프로는 머리를 부여잡으며 김하성의 서비스 의뢰창을 클릭했다. 6년이나 지난 지금 이 일화를 기억하는 사람이 있을 줄은 꿈에도 몰랐다. 서비스를 이행하기 전부터 어쩐지 어깨가 무거웠다.

문서를 열자 그다지 길지도 짧지도 않은 사연이 나왔다. 다만 띄어쓰기가 되지 않은 문장들이 난삽해 가독성은 매우 떨어지는 글이었다.

제목: 비혼주의 여자친구와의 연애

비혼주의 여자친구를 2년간 만났습니다. 저는 계속 결혼을 조르는 상황이에요. 저도 결혼을 꼭 해야 한다고 생각하지는 않아요. 하지만 부모님이 보수적이셔서 결혼을 보채시네요. 여자친구는 별로 제 부모님을 뵙고 싶지 않아 해요. 그래서 부모님께는 만나는 사람이 없다고 말씀드렸죠. 네, 그게 문제였어요. 엉겁결에 부모님이 주선한 선을 보게 되었습니다. 웃긴 건 선을 봐서 만나게 된 여성분이 너무 매력적이라는 겁니다. 저도 제가 두 사람을 사랑하게 될 거라고는 생각지도 못했는데 그게 가능하더라구요? 알아요. 제가 못난 놈인 거. 하지만 그래도 어쩌겠습니까. 결혼은 해야겠고, 마침 잘 맞는 짝을 또 만났고. 근데 또 2년 만난 여자친구랑 바로 헤어지기가 쉽지가 않네요. 하지만 양심의 가책 상 식장에 들어가기 전에는 정리를 해야 할 것 같습니다…… 안타깝지만 이제 그만 여자친구를 놓아주려고 해요. 그래서 저 대신 그녀에게 이별 통보를 해주셨으면 합니다. 워낙 철두철미한 스타일이라 단점으로 집을 만한 이슈가 없는데, 굳이 따지면…… 비혼주의인 거? 그다지 이념주의인 것도 아니고 특별히 못나지도 않았는데 대체 왜 이런 애가 비혼주의인지는 모르겠어요. 그걸 좀 단점처럼 이야기해보시는 건 어떨지. 아무튼 저 대신 말 좀 잘 전해주세요. 금액은 조금 더 높여 드릴게요.

정 프로는 마른세수를 하며 서비스 창을 닫았다. 자동으로 미간이 찡그려졌다. 그간 숱한 사람들을 단편적으로 만나며 터득한 게 있다면 '사람에 대한 촉'이다. 정 프로는 김하성의 글을 보고서 단번에 알 수 있었다. 정중한 문체로 자신의 입장을 늘어놓았지만, 그 게시물은 제대로 된 뜻이라고는 없는 무의미한 의성어 조합에 지나지 않았다.

대개 파혼이 이혼보다 훨씬 낫다고 하지만 어떤 경우 이별은 귀책 사유자한테 관대했다. 이별은 때때로 마땅한 이유 없이 선의가 지는 것을 목격하는 몇 안 되는 잔인한 광경 중 하나였다. 이혼은 따져 물을 권리라도 있는데, 이별은 한쪽이 일방적으로 통보할 수 있는, 감정에 기반한 갑을 관계를 형성하니까. 그리고 자신의 귀책 사유를 상대에 전가하는 김하성 같은 부류는 그중에서도 단연 악질이었다.

의뢰를 받고 고민하던 정 프로는 접수처로 전화를 걸었다.

"저 이거 넘길게요, 접수번호 12765번이요."

전화를 받은 직원은 이해되지 않는다는 투로 물었다.

"이렇게 콕 집어 도우미 요청하는 일이 흔하지도 않

은데, 그냥 하시죠."

그러나 이번만큼은 단돈 몇 푼에 아쉬워하고 싶지 않았다. 그러기엔 '프로'라는 직함이 너무 아이러니하지 않은가.

"사람들이 정 프로가 누군 줄 알고요. 굳이 제가 맡아야 할 이유가 있나요?"

정 프로의 반박에 직원은 성가시다는 듯 짧게 후, 입김을 내쉬더니 알았다고 대꾸하며 전화를 끊었다.

그리고 의뢰 거절 의사를 밝힌 지 얼마 되지 않아 간만에 허 실장한테 걸려온 전화를 받았다.

"어이, 정 프로. 이렇게 입소문 나기 시작하면 프리랜서로 인정받는 거야. 고작 아르바이트로 치부 받던 일이 진짜 자네 명함처럼 프로가 하는 일로 거듭나는 거라고."

허창제 실장. 역할 대행업체 '에이플러스 사람'을 포털에 상위로 뜨는 업체로 키우기까지 3년이 채 걸리지 않은 인물. 그는 한 번 꽂히면 불도저처럼 파고드는 집요한 면이 있는 데다 능청스러움마저 겸비해 영업직에 안성맞춤인 인재였다. 허 실장의 재빠른 추진력과 적극적인 고객 응대 덕에 회사는 점차 성장하더니 업계 1위의 종합 대행 서비스업체로 자리 잡았다. 지인의 추천으로, 인터넷 후기로, 고객들의 서비스 의뢰가 걷잡을 수 없이 늘어났고 규모가 커지자 허 실장도 경력이 있는 베테랑 도우미를 채용하면서 몸집을 부풀렸다. 사업체를 키운 뒤 그가 가장 먼저 연락을 건넨 건 정 프로였다. 그는 정 프로처럼 용모도 단정하면서 일 처리가 깔끔한 데다 연기력도 되는 친구는 흔하지 않다며 입을 모아 정 프로를 치켜세워줬다.

"그리고 요즘 매번 건 바이 건으로 확인하고 그런다면서. 왜 이렇게 까칠하게 굴어? 평소 건보다 금액도 두 배 이상 높고. 다른 사람한테 넘기기 아깝잖아."

"압니다. 근데 제가 무슨 보이스 피싱하는 사람도 아니고, 선의의 거짓말은 할 수도 있어도 사람 농락하는 건 성질머리에 안 맞아요."

"우리가 하는 일이 뭐라고 생각하는데?"

"……누군가를 대신하는 일이죠."

"그래, 그럼 내가 맨 처음에 뭐라고 했었지? 우리는 의뢰인의 생각과……."

동일하다. 이 업무를 하면서 수도 없이 들어온 말이었다. 우리는 의뢰인의 생각을 전달한다. 우리는 의뢰인의 생각과 동일하다. 그러니까, 우리는 프로니까, 우리의 감정 따위는 배제해야 한다. 그 말을 되뇌자 다시금 목구멍이 답답해져 왔다. 어디선가 차가운 물방울이 정수리 위로 똑 떨어졌다. 정 프로는 고개를 들어 천장을 바라보았다. 화재 대피용 프로펠러 근처에 생긴 수증기였다.

"우리가 하는 일이 항상 그렇지 뭐. 그냥 전처럼 마음을 비워. 자기 생각이란 걸 집어넣지 말란 말이야."

하지만 이번만큼은 그러고 싶지 않았다.

"실장님, 저는 당분간 행사나 컨설팅 전문 인력으로 빼주시면……."

"에이. 왜 이래. 프로답지 않게 약한 소리 하고 앉았어. 그냥 정 프로가 깔끔하게 이별 통보하면 끝낼 일이야. 언제부터 사람들 관계 살펴주면서 일했다고 그래? 그렇게 치면 이 일에 안 맞는 거지. 그럼 앞으로 이런 일로 돈 벌 생각하면 안 돼."

그러면서 그는 대꾸할 틈도 주지 않고 황급히 전화를 끊었다. 정 프로는 끊긴 핸드폰을 멍하니 바라보았다. 허 실장의 말처럼 이런 일을 받아들이는 것이 프로다운 걸까. 그래야 고작 아르바이트로 여겨지던 일이 사회적으로 번듯한 직업처럼 받아들여질 수 있는 걸까. 뚜뚜, 소리가 울리는 핸드폰을 보며 정 프로는 이마를 짚었다. 못마땅한 처사였지만 피할 수 없다면 받아들여야지 다른 도리가 없었다. 서비스직이 으레 그렇듯, 인내심과 눈치가 중요했다. 다만 매사에 너무 큰 인내심을 요한다는 것이 문제라면 문제였을 뿐.

김하성의 전 여자친구는 이제 시야에서 완전히 사라진 것 같았다. 정 프로는 카페 소파에 파묻었던 몸을 조금 일으켜 세우고 업무용 스마트폰을 꺼내 쥐었다. 의뢰인에게 대행 업무를 완수해냈다는 통보와 함께 잔금을 받아 내야만 했다. 업무 철칙 상 대행인의 개인 번호는 노출되지 않는다. 대신 회사가 준 휴대기기를 이용해 의뢰인과 소통할 수 있다.

정 프로는 김하성의 번호를 누르며 목소리를 가다듬었다. 몇 번 통화 연결음이 가더니 딸칵, 건너편에서 의뢰인의 목소리가 들려왔다.

"여보세요?"

"네, 에이플러스 정 프로입니다. 전 여자친구분에게 방금 이별의 말씀 잘 전달하였습니다."

"……."

잠시 후, 수화기 건너편으로 조금씩 훌쩍이는 소리가 새나왔다. 어라, 설마 우는 건가. 이건 무슨 경우지. 정 프로는 당황한 티를 내지 않으며 상대가 무슨 말이라도 꺼내기를 기다렸다.

"……혹시 연선이가 울지는 않던가요?"

"……예? 예."

"다른 말은 없었어요? 다시 한번 생각해달라거나. 그냥 그렇게 받아들이고 끝냈어요?"

"네, 잘 받아들이신 거 같던데요."

그러자 김하성은 기가 차다는 듯 헛웃음을 터뜨렸다.

"이야, 뒤끝 없을 줄은 알았지만 생각보다 더 독하네. 강연선. 그러고 나서 그냥 갔다고요? 나한테 연락 한 통도 안 오는데?"

"……."

정 프로는 입술을 꾹 깨물었다. 숨을 내쉴 때마다 또 목구멍이 갑갑해져 오는 느낌이 들었다.

"여자친구분 잘 들어가셨어요. 연락은 따로 안 하셔도 될 것 같습니다."

그는 황당하다는 듯 씩씩대더니 갑자기 서러움을 토로하기 시작했다. 정 프로는 짧은 시간 안에 그가 얼마나 보수적인 집안에서 커왔는지 알게 되었다. 김하성은 그간 자신이 부모의 기대치에 부응하기 위해 얼마나 노력해야 했는지, 입학처에서 대기 번호를 받고 간신히 들어간 의학전문대학원에서 뒤처지지 않기 위해 얼마나 많은 스트레스를 견뎌야 했는지와 같은 사적인 이야기를 20분 넘게 쏟아냈다. 그리고 마지막으로 혼잣말처럼 구시렁거렸다.

"그래도, 걔가 나름 전문직이라…… 혼자 살아도 밥벌이는 할 애거든요. 같이 살면서 구차해질 일은 없었는데……."

그 순간, 정 프로의 귀에서 무언가 주르륵 흘러내렸다. 들고 있던 핸드폰을 보니 통화하느라 액정에 잔뜩 서려 있던 김이 만들어낸 물줄기였다.

습하다. 습하고 숨 막혀. 정 프로는 왜인지 더는 숨을 쉬기가 어렵게 느껴졌다. 마치 폐에 물이 가득 찬 것처럼 숨을 더 들이쉴 수가 없었다. 주위를 둘러보자 카페 유리창에 매달린 빗방울이 죄다 위로 떠오르고 있었다. 아니, 자세히 보니 주변의 모든 것들이 모두 멈춘 채 서서히 수면 위로 부유하고 있었다. 위로, 저 높은 위로. 저 허공으로. 거꾸로 뒤집히듯이. 그곳에서 아래로 가라앉고 있는 건 오직 정 프로뿐이었다.

"저, 고객님."

정 프로는 갈라진 목소리로 입을 열었다.

"여자친구분께서 별말씀은 안 하셨는데요. 그래도 이렇게 말씀하시더라고요."

"예? 뭐라고요?"

거품 방울이 툭, 입 밖으로 터져나왔다.

"……당신 같은 인간이랑 헤어져서 너무 다행이라고요. 조상신이 도운 거 같다고요."

"여보세요? 저, 잘 안 들리는데……."

이번에는 더 큰 기포가 연이어 입 밖으로 헤엄쳐 나왔다.

"덕분에 자신의 연애 가치관에 대한 확신이 생겼다고요."

"안 들려요. 여보세요?"

"……차라리 고맙다고요."

그 말을 들은 의뢰인은 잠시 아무런 말이 없었다. 주변을 둘러보니 공중으로 떠오르던 것들이 어느새 모두 제자리를 찾고 있었다. 창밖에 붙어 있던 빗방울이 흘러내리는 게 보였다. 중력의 법칙에 따라 아래로, 더 아래로 그리고 그렇게 바닥까지.

"아, 네……."

"잔금은 선금 부치신 계좌로 입금해주시면 되고요, 스마트 뱅킹 서비스받습니다. 입금 완료 후에는 메시지 하나만 남겨주시면 돼요. 그럼 들어가세요."

정 프로는 가까스로 기본적인 인사말을 건넨 뒤 딸깍 전화를 끊어버렸다. 그리고는 무거운 몸을 일으켜 카페를 나섰다.

밖으로 나와보니 어느덧 비가 그쳐 있었다. 보도블록 군데군데 물웅덩이가 고여 있는 것이 보였다. 문득 저렇게 떨어진 빗방울은 대체 어디까지 아래로 내려갈 수 있을지 궁금해졌다. 그러나 그건 별로 중요하지 않을 것 같았다. 나락의 깊이는 결코 아무도 가늠할 수 없을 테니까.

정 프로는 크게 기지개를 켜며 생각했다. 이제 연말도 다가오는데 나도 누구를 좀 만나볼까. 그러다 잠시 멈춰 서서 왔던 길을 돌아보며 고개를 저었다. 아냐, 혼자가 편해. 괜히 상처받을 일, 상처 줄 일 따위 없잖아. 그러고는 쌍쌍이 손을 잡고 지나치는 수많은 인파 사이에 몸을 파묻은 채 가던 길을 계속 걸었다.

마치 원래부터 그들과 같은 무리였던 것처럼. 그렇게 계속 같은 길을 걸어왔다는 듯이.

작가의 말

살면서 수많은 사람과, 수많은 것들과 만나고 헤어진다. 이별이라는 것은 언제 겪어도 익숙지 않다. 그런데 과연 그 형태는 얼마나 다양할까.

이야기는 관계를 혼자 끝마치기 어려워 누군가한테 부탁하게 된 사람들과 그들을 대행하는 사람들의 마음을 생각하면서 시작됐다. 어떤 관계라 하더라도 그 관계를 정리하는 덴 여러 고민거리가 있었을 것이다. 그래서 이별의 형태는 이별하는 이들의 민낯을 담고 있다. 자신도 모르는 본인 민얼굴.

나 역시 낡은 폴더에서 잠시 이별했던 글과 만났다. 단 한 번 얼굴조차 세상에 내비치지 못하고 잠수 타던 글. 그 글과 오랜만에 재회했다. 간만에 만난 글을 읽으니 반가웠다. 만남에는 늘 좋은 마무리가 필요하다. 아름답게 이별해야 제대로 헤어질 수 있지 않겠는가. 여느 때보다 더 마무리를 잘 짓고 싶었다. 그런 마음으로 미완으로 남아 있던 「헤어져드립니다」를 마저 완성했다. 그리고 이제 이 글은 누군가에게 새로운 만남으로 다가갈 준비를 마쳤다.

그러니 부디 이야기를 읽고 마지막 페이지를 덮은 사람들이 이 글과 좋은 이별을 할 수 있기를, 간절히 바란다.

이달의 장르소설

가닥가닥 사각사각

송한별

장르소설 작가 겸 편집자. 2017년 제5회 과학소재 장르문학 단편소설 공모전에서 「궤도채광선 게딱지」로 수상한 이후 SF와 판타지, 호러 장르의 소설을 쓰고 있다. 개인 저서로 『무정하고도 무심한』과 『외우주 무역선 스페이드호』 등이 있으며, 2018년 개인 브랜드 미씽아카이브를 만들어 독립 출판 활동을 하고 있다.

"이번 것도 조지면 우리 진짜 나락 가는 거야, 알겠어?"

박승필은 거칠게 핸들을 꺾었다. 굽이진 경사로를 오르던 검은 K7 자동차가 타이어를 갈아 먹으며 귀 따가운 소음을 내질렀다. 박승필은 기분 나쁜 소리에도 아랑곳하지 않고 액셀러레이터를 밟은 발에 힘을 더했다. 차가 커브를 돌 때마다 그의 커다란 몸이 좌우로 흔들렸다. 차준형은 이어폰 너머로 계속해서 박승필을 몰아세웠다.

"조회수로 뽕 빨던 시리즈가 싹 다 노딱을 처맞아서 계정이 뒈지게 생겼단 말이야! 어? 이번 건은 진짜 잘해야 한다고!"

박승필은 미간을 구기며 핸드폰 소리를 두 단계 줄였다. 차준형은 한참이나 원한을 꾹꾹 눌러 담은 쌍욕을 늘어놓았다. 박승필은 미적지근한 온기가 올라오는 핸들을 꽈악 움켜쥐었다.

차준형은 유튜버였다. 차준형은 자신을 시사, 정치 분야 크리에이터라고 소개했고, 다른 사람들은 그를 사이버 렉카라고 불렀다. 그는 사람들의 분노가 맺히고 흩어지는 지점을 민감하게 포착해 콘텐츠로 만들었다. 본인의 분노 사업과 사업이 벌어들이는 수입을 사랑했고, 더 큰 분노로 더 큰 사업을 하기 위해 박승필 같은 정보원을 쓰기도 했다.

"그때 그 새끼가 병신 같은 짓만 안 했으면 이렇게 좆될 일이 아니었는데, 씨발!"

차준형의 유튜브 채널이 얼마 전 노딱, 그러니까 이용약관에 어긋나는 행동을 해 수익 창출이 중단된다는 노란 딱지를 대량으로 받게 된 데는 다소간의 불운이 따랐다. 본래 차준형은 최근 한남동의 건물을 산 여자 연예인에게 스폰서 의혹을 덮어씌워 조회수를 빨아먹을 계획이었다. 사람들은 젊고 예쁜 여자가 행복한 것을 못 견디고, 잘나가는 셀럽이 몰락하는 것을 좋아한다. 연예계 가십은 본래 차준형의 채널에서 주로 다루는 주제는 아니었으나 정치판이 교착 상태에 빠져들어 조회수가 정체되어 가는 상황에 한 번쯤 건드려볼 법한 아이템이기는 했다. 영상은 매끈하게 뽑혀 나왔고 반응도 좋았다. 다만 기대했던 것보다 너무나도 좋은 것이 탈이었다.

차준형의 정보원은 여자 연예인이 한 중년 남성과 룸에서 밀회하는 모습을 찍은 사진을 구했다. 차준형은 그 사진으로 스캔들을 일으켰는데, 일이 이상하게 흘러가기 시작했다. 사진에 찍힌 남성은 여당 중진 국회의원이었고, 룸에서는 밀회가 아니라 불법 투자 공모가 이루어졌던 것이다. 점차 덩치를 키워 정재계를 휩쓴 사건은 핵폭탄이 되어 돌아와 차준형을 후려갈겼다. 다섯 건의 고소와 십여 건의 에두른 협박이 일주일 만에 일어났다. 문제의 영상은 차단되었고 차준형의 채널에는 노딱이 덕지덕지 붙었다.

차준형은 숨을 헐떡거릴 때까지 욕지거리를 내뱉은 다음에야 아주 조금, 평정심을 되찾았다.

"이번이 마지막 기회야. 진짜 제대로 해야 한다? 어? 끝내주는 아이템을 물어 오지 않으면 잔금이고 나발이고 없을 줄 알아. 알겠어?"

"나중에 다시 연락하겠습니다."

박승필은 차준형이 또다시 발작하기 전에 전화를 끊어버렸다. 박승필은 블루투스 이어폰을 귀에서 끄집어내 조수석에 내던졌다. 욕지거리가 찐득하게 들러붙은 귓구멍은 습진이 올라온 듯 간지러웠다.

"버러지 같은 새끼."

박승필은 내비게이션에 찍힌 목적지, 규림소망요양원까지 남은 거리를 확인하고는 액셀러레이터를 뭉개듯 짓밟았다.

* * *

규림소망요양원은 인가가 드문 산길에 쐐기처럼 박혀 있었다. 한때 누군가 큰마음을 먹고 음식 장사를 했던 게 틀림없는 부지에는 쇠락의 기운이 뿜어져 나오는 요양원 건물만이 남아 있었다. 박승필은 요양원 입구에서 가장 먼 곳, 나무 그림자가 짙게 드리운 자리에 차를 댔다. 햇빛에 바짝 말라 부스러진 페인트 선으로 된 주차장에는 차가 별로 없었다. 어느 모로 보나 장사가 잘 되는 곳 같지는 않았다.

박승필은 차에서 내려 담배를 꺼내 물었다. 박승필이 금연 표지판에 걸쭉한 가래침을 내뱉자 요양원의 쪽문이 열리고 누군가 나왔다. 위아래로 파란 유니폼을 입고 머리를 군대식으로 짧게 자른 남자였다. 남자는 주위를 두리번거리다 박승필을 발견하고는 쭈뼛거리며 다가왔다.

"혹시…… 팩트풀 TV에서 오신다던 분……?"

박승필은 아무런 대답도 하지 않고 조수석을 턱짓했다. 남자는 제대로 말을 잇지 못하고 굽신거리며 조수석으로 들어가 앉았다. 키가 크고 어깨가 떡 벌어진 박승필이 인상을 찌푸리면 흔히들 그러고는 했다. 박승필은 아직 세 모금밖에 빨지 못한 장초를 손가락으로 튕겨 날려보냈다.

박승필은 운전석에 몸을 던져 넣으며 남자에게 물었다.

"나인 줄은 어떻게 알았습니까?"

"차 소리를 듣고 알았습니다. 차가 많이 다니지 않는 길이잖습니까. 요양원에 남자 혼자 오는 일은 별로 없습니다."

남자는 묻지 않은 것까지 주절주절 늘어놓았다. 박승필은 앉은 자리에서 눈동자만 움직여 남자를 살폈다. 오물이 짙은 흔적을 남긴 색이 바랜 유니폼, 나잇살에 햇볕이 내리쬐 만들어 낸 주름살, 코를 찌르는 퀴퀴한 냄새, 짧은 머리카락이 돋아난 구릿빛 두피. 캐묻지 않아도 알 만했다. 군인 출신, 승진 실패, 이혼, 독거, 고립. 팩트풀 TV, 그러니까 차준형의 유튜브 채널을 구독하며 제보까지 하는 인종들은 항상 거기서 거기였다. 박승필은 니코틴이 스치고 지나간 흔적을 혀로 훑으며 짧게 으르렁거렸다.

"여기 뭐가 있다고요?"

박승필이 이야기를 들어 줄 것 같자 위축되어 있던 남자가 눈을 빛냈다. 남자는 손에 찬 땀을 허벅지에 벅벅 문지르며 이야기를 시작했다.

“저희 시설에 할머니가 새로 한 분 왔는데 말입니다. 두 달쯤 전인가? 그렇습니다. 그런데 이 할머니가 입소하기 전부터 원장 그 늙은이가 벽지를 새로 한다, 특실을 만든다 하면서 아주 난리 부르스를 추더란 말입니다. 그래서 일하는 사람들끼리 내연녀라도 불렀나 하고 쑥덕거렸습니다. 원장이 정력이 좋아서 이게, 이게 많더란 말입니다.”

남자는 굽어서 제대로 펴지지도 않는 새끼손가락을 들이댔다. 박승필은 남자가 샛길로 빠지기 전에, 그리고 인내심이 아직 남아 있을 때 이야기의 흐름을 되돌려 놓았다.

“돈을 많이 냈나 보지.”

“맞습니다, 그 말대로였습니다. 원장이 흥이 올라 낮술을 퍼마시고 떠들어 댄 소리를 원무과에서 들었는데, 정말로 큰돈이었습니다. 벽지를 새로 바를 게 아니라 아예 건물을 새로 지어도 될 정도로 큰돈이었으니까 원장이 입이 찢어질 만도 했던 거죠. 그런데 이상하지 않습니까? 돈이 썩어나게 넘치는 사람이 왜 우리 시설 같은 데 들어온단 말입니까?”

박승필은 고개를 옆으로 기울여 규림소망요양원 건물을 올려다봤다. 컨테이너를 올려 3층으로 만든 건물

옥상에는 요양원 이름을 한 글자씩 적은 일곱 개의 간판이 있었는데, 그중 세 자리에는 패널 대신 현수막이 내걸려 있었다. 벽에는 균열이 담쟁이처럼 자라나 있었고 보도블록 사이에는 잡초가 무성하게 자라나 있었다.

남자는 얼굴을 시뻘겋게 붉혀 가며 자기 이야기에 몰두했다.

"그 돈이면 삐까번쩍한 실버타운에 들어가서 요양사를 쓸 수도 있습니다. 그런데 왜 이런 거지 같은 시설에 온단 말입니까? 처음에는 자식새끼한테 등골 다 파먹히고 버려졌나, 그런 생각도 했습니다. 꼭 우리 시설이 아니더라도 그런 사람들이 지천에 깔렸습니다. 자식 놈들한테 돈이고 땅이고 다 해 줬더니 쓸모가 없다고 버려지는 노인네들이요. 그런데 그런 것도 아니었습니다. 치매도 없는 노인네가 고향 땅도 아닌 이런 산골 촌구석에 돈을 뿌리면서 기어들어왔다 이겁니다. 이상하지 않습니까?"

이상하지 않느냐고 물으면 그야 이상한 일이었다. 하지만 이런 촌구석까지 찾아온 박승필이 땀을 삘삘 흘려대는 남자의 고약한 체취를 참아 주고 있는 것은 뻔한 이야기를 듣기 위해서가 아니었다. 박승필은 차준형이 좋아할 만한 아이템을 찾아야 했다.

"남편을 잡아먹었다는 이야기는 뭡니까?"

남자가 짝, 손뼉을 쳤다. 바로 그거라고, 핵심을 잘 짚었다고 칭찬이라도 할 것 같은 태도였다.

"그거 말입니다. 인력이 부족할 때 부르는 아줌마가 하나 있는데, 그 아줌마가 소문을 좀 물어왔습니다. 그 갑부 노인네가 다른 요양원에도 있었다고요. 다들 그 돈이 어디서 났는지 궁금해서 캐 봤는데, 죽은 남편이 사업을 꽤 크게 한 양반이었다고 합니다. 슬하에 자식도 없어서 유산이 꽤 컸다지요."

"그게 답니까?"

"아, 아니, 그 노인네가 결혼을 세 번이나 했는데 남편이 다 죽었다고 했습니다. 세 번째 남편은 시퍼런 한낮에 실종되기까지 했다는데, 그런 일이 어떻게 우연히 세 번이나 일어납니까? 돈을 노리고 남편을 죽인 게 틀림없습니다!"

박승필은 손가락으로 미간을 꾹꾹 눌렀다.

"남편들이 살해당한 게 확실합니까? 부검을 했다거나 하다못해 유가족에게 소송을 당한 이력이라도 있냐 이겁니다."

"그런 말은 못 들었는데……."

박승필은 운전석 문을 걷어차다시피 밀어 열고는 반

대편으로 성큼성큼 걸어갔다. 저도 모르게 엉거주춤 조수석에서 내린 남자는 차 문 뒤로 몸을 움츠렸다. 그 모습이 박승필을 더욱 화나게 했다. 박승필은 겁에 질린 남자를 보고 숨을 골랐다.

일이 이렇게 될 줄 조금도 몰랐던 것은 아니었다. 박승필은 차준형만큼이나 차준형의 추종자들을 믿지 않았다. 그것들은 자기만의 세계에 푹 빠져 저마다의 고립된 세계를 살아갔다. 망상에 사로잡힌 제보자가 헛소리를 늘어놓는 일은 흔했다.

평소의 박승필이었다면 이쯤 해서 남자를 던져버리고 떠났을 것이다. 패스트푸드로 위장을 채우고 형편없는 섹스를 한 뒤 느지막하게 일어나서 하루를 내다버리면 그럭저럭 개운해질 것이다. 그러나 그러기에는 차준형이 신경 쓰였다. 차준형은 형편없는 말종이지만 박승필이 아는 그 누구보다 집요했다. 이번 일을 때려치우면 차준형은 기필코 박승필의 삶을 구렁텅이에 처넣어버릴 것이다. 차준형은 타인의 삶을 파괴하는 데 특별한 재능이 있었다.

박승필은 낯빛이 파리해진 남자를 내려다봤다.

"그 노인, 만나봐야겠는데."

"예, 예에? 아, 안 됩니다! 시설 안으로 들여보내 줄

수는 없습니다! 원장님이 경을 칠 겁니다! 이야기만 해 주면 돈을 준다고 했잖습니까!"

남자는 안 된다고 했지만 박승필의 생각은 달랐다. 박승필을 기다리고 있을 차준형의 생각도 다를 것이다. 박승필은 남자를 설득하는 대신 필요한 일을 했다.

* * *

"진짜, 진짜로 이러면 안 됩니다만……."

남자는 파랗게 질린 얼굴로 끊임없이 뒤를 돌아보면서도 발걸음을 멈추지는 않았다. 박승필은 아무런 대꾸도 하지 않고 남자의 뒤를 따라 요양원 건물로 들어섰다.

요양원 내부는 밖에서 보는 것만큼이나 형편없었다. 유리문은 끔찍한 소리를 내며 마지못해 움직였고 바닥 타일은 모서리가 깨져 덜컹거렸다. 청소한다고 닦일 만한 상태도 아니었고, 휠체어든 이동식 베드든 바퀴 달린 것들이 지나다닐 만한 길도 아니었다.

박승필이 남자를 앞세우고 들어서자 창구에 앉아 있던 여자가 고개를 들었다.

"누구예요? 손님?"

"손님은 아니고, 잠깐 돌아보고 가실 건데……."

여자는 나른한 눈으로 무언가를 질겅댔다. 창구 자리에는 잘게 찢긴 젤리 포장지들이 굴러다녔다.

"원장님은 알아요?"

"뭘 또 이런 걸로 하나하나 보고를 하고 그래, 우리끼리만 알고 잘 처리하면 되지."

남자가 식은땀을 흘리며 꼬리를 흔드는 동안 박승필은 여자를 관찰했다. 하얀 유니폼은 남자의 것보다는 나았지만 주름이 깊게 져 있었다. 사물함에 대충 구겨 처넣어 둔 흔적이리라. 뒤로 말아올린 머리카락은 절반이 누렇게 탈색되어 결이 일어나 있었다. 본인의 것처럼 보이는 손톱은 원색과 큐빅으로 요란하게 장식되어 있었고 화장 또한 그에 못지않게 화려했다.

"기자나 PD, 뭐 그런 건가?"

여자가 권태감에 젖은 눈으로 올려다봤다. 박승필은 여자의 시선을 피하지 않았다.

"여기서 가장 가까운 카페까지 얼마나 걸립니까?"

"차로 20분 정도 걸리죠."

"커피나 한 잔 하시죠."

박승필은 주머니에서 오만 원짜리 지폐 두 장을 꺼내 창구에 내려놓았다. 여자는 잔 흉터가 많은 커다란 손이 누르는 돈을 보고는 인상을 찌푸렸다. 금액이 만족스럽지 않아 보였으나 박승필은 꿈쩍도 하지 않았다. 제안은 그가 하는 것이다. 그는 지금 하는 것보다 더 관대한 제안을 할 생각이 없었다.

"좋아요, 그러죠 뭐. 자리에 없는 동안 무슨 일이 일어나도 나는 모르는 거니까."

여자는 자리에서 일어나며 돈을 낚아챘다. 여자는 또각거리는 발걸음 소리만을 남기고 밖으로 걸어나갔다. 곧 자동차가 주차장을 떠나는 경박한 소리가 들려왔다. 여자가 완전히 떠난 것을 확인하고 박승필은 남자를 내려다봤다. 남자는 홀린 듯이 박승필의 돈주머니를 쳐다보고 있다가 황급히 정신을 차렸다.

"2, 2층 가장 안쪽 방입니다."

요양원 건물에는 엘리베이터가 없었다. 박승필은 너덜거리는 리프트를 억지로 덧대어 놓은 계단을 올랐다. 2층 구조는 요양원이나 병원보다는 교도소에 가까웠다. 기대하지 않았던 익숙함을 느끼며, 박승필은 안쪽으로 걸어 들어갔다.

"현재 입소자는 세 명입니다. 그 노인네 말고 다른 두 사람은 신경 쓰지 않아도 됩니다. 이미 정신을 놓은 지 오래입니다."

누가 듣는 것도 아닌데 남자는 목소리를 낮춰 속닥거

렸다. 병실은 복도 양쪽에 다섯 개씩, 총 열 개가 있었지만 팻말은 1부터 9까지밖에 없었다. 대신 복도 가장 안쪽에 있는 병실 하나가 두 개만큼 컸다. 남자는 원장이 만들었다는 특실 앞에서 우뚝 멈춰 섰다.

"이 정도면 된 것 같습니다만."

박승필은 잠시 남자를 쳐다보다가 품에서 봉투를 꺼냈다. 남자는 초조하게 입술을 핥으며 돈 봉투를 바라봤다. 박승필은 봉투에서 샛노란 지폐 네 장을 뽑아 남자에게 내밀었다. 남자는 얼굴을 일그러트리며 이를 악물었다.

"약속했던 금액하고 다릅니다만."

"제대로 된 이야기가 아니었으니까."

박승필은 보란 듯이 손에 든 지폐를 흔들었다. 남자는 씩씩거리며 더운 숨을 뿜어댔으나 박승필을 들이받지는 못했다. 그는 입소자 정보를 팔아넘긴 요양원의 배신자였고 박승필과 싸워 이길 자신도 없었다. 결국 남자는 제안을 받아들였다. 남자는 돈을 받아들고 계단을 내려갔다. 무언가를 발로 찼는지 큰소리가 났다.

복도에 혼자 남은 박승필은 두꺼운 주먹으로 노크하고는 9호실 문을 잡아당겼다. 그리 넓지 않은 특실 내부가 한눈에 들어왔다.

편물이었다. 두 칸짜리 방이 실과 바늘로 만들어 낸 편물로 가득했다. 누런 때가 묻은 창을 가리는 짙은 갈색 커튼도, 파이프 프레임으로 만든 싸구려 침대를 덮은 노란 시트와 이불도, 바닥에 깔린 베이지색 러그와 그 옆에 놓인 쿠션도, 전등을 품은 초록색 전등갓까지 눈에 보이는 모든 것이 뜨개질로 만든 수제품이었다.

털실이 만들어 내는 푸근한 입체감으로 가득한 공간 한가운데, 노인이 앉아 있었다.

"그쪽 같은 젊은이가 올 만한 곳이 아닌데."

쭈그러들 대로 쭈그러든 늙은이였다. 노인은 아직 완성품이 되지 못한 형형색색의 실들 사이에 파묻히듯이 앉아 있었다. 머리는 하얗게 셌고 피부에는 검버섯이 넓게 자리를 잡았다. 새우처럼 굽은 몸은 반듯이 펴도 박승필의 절반도 되지 않을 것 같았다. 노인은 돋보기를 낀 눈으로 박승필을 쳐다보는 동안에도 손가락을 움직이며 뜨개질을 멈추지 않았다.

"김금자 씨?"

박승필은 손으로 입가를 덮었다. 피부를 간지럽히는 미세한 입자가 떠다니는 것처럼 공기가 탁했다. 아니, 가려운 것은 착각이었다. 9호실의 이질적인 공기가 박승필의 긴장감을 자극한 것이었다. 박승필은 눈동자를 굴려 방 안에 위협이 될 만한 것이 없음을 확인했다. 커다란 스웨터나 담요에 발을 들인 것이나 다름없었다. 긴장해야 할 만한 이유는 없다고, 박승필은 결론을 내렸다. 주먹을 쥔 손가락 끝이 이유 없이 시렸다.

노인은 비쩍 마른 고개를 순순히 끄덕였다.

"김금자는 내가 맞지."

김금자 노인은 계속해서 손을 움직였다. 노인이 손목을 한 바퀴 돌리자 실을 물고 있던 홀더가 덜그럭거리며 실을 풀어냈다.

"이 늙은이의 이름을 알고 싶어 여기까지 왔나?"

"김금자 씨가 세 남편을 살해한 뒤 유산을 갈취했다는 소문을 듣고 왔습니다."

박승필은 본론을 내질렀다. 평소 같았으면 하지 않았을 짓이었다. 박승필은 사람들로부터 이야기를 이끌어내는 재주가 몇 가지 있었다. 하지만 노인에게는 그 어느 것도 쓰지 않았다. 소용이 없으리라는 근거 없는 확신이 들었다. 박승필은 검은 가죽 재킷의 목깃을 잡아당겼다. 몸이 뿜어내는 열기가 어디로도 빠져나가지 않아 갑갑했다.

노인은 몇 개 남지 않은 이 사이로 쯧쯧 혀를 찼다.

"남의 사생활에 쓸데없는 관심을 가지는 사람들이 있

지. 젊은이는 그런 사람 같지 않은데."

편물은 대화가 이어지는 사이에도 계속해서 늘어났다. 노인은 새빨간 면에 베이지색 패턴을 넣은 편물의 코를 조금씩 늘려가며 크기를 키웠다. 박승필은 노인의 양손이 뜨개바늘을 교차하고 또 교차하는 모습을 지켜봤다. 노인은 방구석을 향해 턱짓을 했다.

"쓰레기통에 씌울 거야. 썰렁해 보여서."

박승필은 노인이 왜 쓰레기통에 뜨개옷을 입히려는 건지, 그게 무슨 의미가 있는지 묻지 않았다. 박승필이 한 걸음도 움직이지 않고 계속해서 쳐다보자 노인이 입가를 오물거리다가 탄식했다. 쭈글쭈글하게 주름이 진 입에서 숨이 벌컥 쏟아졌다.

"좋아, 이야기해주지. 여기까지 찾아왔으니 숨길 것도 없고, 뭣보다 자네 행색이 마음에 들어. 제법 탐이 나는군."

"원한다면 드릴 수도 있습니다."

박승필이 입고 있는 재킷을 가리켜보였다. 어디에서나 흔히 구할 수 있는 검은 가죽 재킷에는 특이한 점이라고는 하나도 없었다.

"아니, 그럴 필요는 없고."

노인이 짧게 대꾸하자 박승필은 가만히 고개를 끄덕

였다. 비밀이 있는 사람들은 이따금 이상한 요구를 하고는 했다. 애써 이해할 필요는 없었다.

박승필은 팔짱을 낀 채 문가에 등을 기댔다. 원하지 않는 손님이 찾아왔을 때 곧바로 적절한 조치를 취할 수 있는 자세였다. 박승필은 필요하다면 그대로 몇 시간이고 서 있을 수 있었다.

노인은 수제 편물로 만든 게 틀림없는 슬리퍼를 신은 발로 홀더를 밀어 찼다. 홀더에 물린 실타래가 빙글빙글 돌아가며 시뻘건 색실을 허공으로 내뿜었다. 노인은 실을 낚아채듯이 재게 손을 놀렸다.

"가장 오래된 이야기부터 시작할까? 나는 판자촌 기숙사 쪽방에서 태어났네."

노인은 실타래에서 실이 풀려 나오듯, 나지막한 목소리로 중얼거리듯이 이야기를 이어 갔다.

"양친 모두 직물 공장에서 일을 했어. 노동 시간은 길었고 일과 삶이 구분되지 않았던 시대였지. 나는 바닥을 기기 시작했을 때부터 공장 한구석에서 지냈네. 공장에서 쓰고 버린 모든 것들이 장난감이 되었어. 단추 묶음, 다 쓴 실패, 쓰고 남은 천 쪼가리 같은 쓰레기들을 가지고 놀았네. 자네, 단추에 왜 구멍이 나 있는지 아나? 어린아이가 삼켰을 때 숨통을 틀어막지 않게 하기 위해서라네. 그건 꽤 괜찮은 발명이었지. 꼼짝없이 죽을 목숨을 몇인가 살렸거든."

노인의 뜨개바늘이 빠르게 스치며 날카로운 소리를 냈다.

"아이에게도 어른에게도 열악한 환경이었네. 나는 그곳에서 죽음이라는 것을 처음 인식했어. 내 나이 일곱에 어머니를 통해서였지. 뇌출혈이었어. 일을 너무 오래 하면서 제대로 쉬지도 못하고 먹지도 못한 끝에 일어난 일이었다네. 사람들이 그러더군. 머릿속 혈관이 끊어졌다고. 나는 혈관이 뭐냐고 물었어. 몸속에 퍼져 있는 가느다란 실 같은 것이라고 하더군. 그 실이 끊어졌다고 말이야. 나는 잘 이해가 되지 않았네. 실이 끊어졌으면 이으면 될 일 아닌가? 공장에서 하는 일이 바로 그건데 말이야. 실 몇 가닥 잇는 것쯤이야 막내 애송이도 늘상 하는 일이었어. 그런데 아무도 그러지 않았네. 이상한 일이었지.

나는 나이를 먹어 공장에 취업했네. 미싱도 돌렸고 손바느질도 했고 할 수 있는 일이라면 뭐든지 했어. 그중 제일 좋아한 건 뜨개질이었다네. 아버지가 헌책방에서 주워 온 도안집을 보고 양말 같은 것을 떠서 내다 팔았어. 벌이가 쏠쏠했지.

첫 번째 남편은 공장에서 만났어. 경철 씨는 아버지가 소개해 준 건강한 청년이었네. 자네는 공순이 공돌이가 건강하다는 게 어떤 뜻인지 아나? 남들보다 더 많이 일하고 남들보다 더 빨리 고장 난다는 뜻일세. 어느 날 아침에 일어나보니 경철 씨가 숨을 쉬지 않았어. 겉보기에는 아무런 상처도 없었지. 그때 내가 뭘 생각했겠나? 내가 아는 것 중 상처 없이 쓰러져 일어나지 못하는 죽음은 뇌출혈밖에 없었어."

노인이 주름 잡힌 입술을 오물거렸다. 박승필은 노인이 웃은 것일지도 모른다고, 뒤늦게 생각했다.

"경철 씨의 몸속 어딘가에서 혈관이라고 하는 실이 끊어져 버린 게 틀림없었네. 어머니가 돌아가셨을 때는 아무도 실을 이어 붙일 생각을 하지 않았지. 하지만 신혼집에는 나와 쓰러진 경철 씨밖에 없었네. 나는 필사적이었고, 말릴 사람은 없었어.

재단용 가위는 아무리 짱짱하고 질긴 옷감도 단번에 가를 수 있을 정도로 예리하지. 나는 숫돌로 날을 간 가위를 집어 들고 경철 씨의 몸을 가르기로 했네. 경철 씨는 키가 크고 건강한 사람이었어. 가는 실 몇 개가 끊겼다고 쓰러질 만한 사람이 아니었지. 가장 큰 혈관, 몸속 깊은 곳에 들어 있는 가장 중요하고 굵은 혈관이 끊어진 게 틀림없었네. 어디가 끊어졌는지를 알아야 했고, 그러려면 몸을 갈라야 했어.

나는 조금씩 경철 씨의 몸을 갈랐네. 하얀 지방질이 나왔을 때는 놀랐지만 피가 왈칵 쏟아졌을 때만큼은 아니었어. 이미 검붉게 변한 피는 끈적하게 덩어리가 졌어. 나는 선지처럼 말캉거리는 그것들을 치워버리고 계속해서 가위질을 했어. 하얀 뼈가 드러났을 때, 그 옆에서 굵은 가닥을 찾아냈지. 나는 네 잎짜리 토끼풀의 뿌리를 더듬어 가듯이 조심스럽게 가위질을 해 나갔어. 혈관은 온몸에 가득했네. 자그마한 새끼발가락 끝까지 가는 혈관이 이어져 있었지. 나는 계속해서 혈관을 걷어 나갔네. 바보같이, 내가 이미 혈관을 터트려 피를 쏟아냈다는 것도 모르고 말이야.

혈맥을 더듬어 나가는 짓은 두어 시간쯤 이어졌네. 부부가 모두 출근하지 않자 무슨 일이 생겼나 의심한 공장장 아들내미가 찾아왔거든. 그가 무엇을 봤겠나? 가위를 들고 남자의 시체를 써는 미친 여자? 그 사람은 그렇게 믿었네. 경찰이 달려들었고, 경철 씨를 되살리려는 시도는 그렇게 끝났네."

노인은 감정이 드러나지 않는 얼굴로 박승필을 바라봤다.

"기대했던 이야기인가?"

박승필은 대답하지 않았다. 그가 대답할 만한 질문이 아니었다.

노인은 고개를 절레절레 흔들었다.

"남편을 죽여서 잡아먹었느냐고? 그렇지 않네. 그이는 불행하게 죽었고, 나는 그 사람을 살리려고 했어. 성공하지는 못했지만."

노인은 회한이 묻어나는 목소리로 말했다. 시종 쉬지 않던 뜨개질도 그 순간만큼은 멈췄다.

박승필은 노인의 감상에는 관심이 없었다. 김금자는 이후 두 번을 더 결혼했고 끝내 홀로 남았다. 노인에게는 아직 남은 이야기가 많았다. 박승필은 이야기가 이어지기를 기다렸으나 노인은 눈을 감았다. 어느새 쓰레기통에 씌울 뜨개옷이 완성되어 있었다. 노인은 뜨개옷을 조물거리며 모양을 잡았다.

"오늘은 여기까지만 하지. 밤에는 해야 할 일이 있거든."

박승필은 시간을 확인했다. 어느새 밤 11시가 넘어 있었다. 박승필은 미간을 찌푸렸다. 핸드폰으로 확인하는 시간과 체감되는 시간이 맞아떨어지지 않았다. 어쨌거나 노인의 말이 맞았다. 이야기를 끊어갈 때였다.

"내일 다시 찾아오게나."

노인이 박승필에게 손등을 흔들어 보였다. 뼈에서 흘러내린 것만 같은 팔 가죽이 축 처져서 흔들렸다.

박승필은 9호실을 나섰다. 자그마한 조명이 어두컴컴한 복도에 어슴푸레한 빛을 뿌려대고 있었다. 박승필은 불분명한 사물의 윤곽에 의지해 1층으로 내려갔다. 계단참에는 낮에는 보지 못했던 그림 액자가 걸려 있었다. 꼬챙이처럼 비쩍 마른 남자, 요양원 원장 한보관의 사진이었다. 한보관이 입은 코트는 어둠 속에서도 선명한 빨간색이었다. 박승필은 어울리지 않는 차림에 혀를 차며 사진을 뒤로했다.

박승필은 그대로 건물을 빠져나와 K7에 올라탔다. 운전석에 앉자 비로소 마음이 편안해지며 피로가 몰려들었다.

노인이 한 말이 전부 사실일까? 박승필은 자문했다. 그답지 않은 일이었다. 그는 다른 사람이 맡긴 일을 처리하는 사람이지 의심하고 질문하는 사람이 아니었다. 그는 복잡한 일에 휘말리는 것은 질색이었고, 복잡한 사건이란 대체로 복잡한 생각에서 나왔다. 하지만 남의 일로 치부하고 넘어가기에는 노인의 이야기가 너무나도 생생했다. 노인이 가위질 이야기를 할 때마다 박승필의 귓가에서 사각사각, 서걱서걱 가윗날이 움직이는 소리가 나는 것만 같았다.

박승필은 고개를 거칠게 털고는 가까운 모텔을 찾아 차를 몰았다. 어디든 좋았다. 무거운 머리를 대고 누울 자리가 필요했다.

* * *

커튼을 뚫고 들어오는 햇빛을 보고 시간을 가늠한 박승필은 퍼뜩 몸을 일으켰다. 싸구려 모텔의 얇은 이불이 바스락거리는 소리를 내며 벌거벗은 그의 몸에서 흘러내렸다. 박승필은 손과 발에 간헐적으로 힘을 줬다. 더운 피가 돌며 서서히 활력이 돌아왔다. 식은땀이 떨어지며 박승필의 근육 잡힌 몸을 서늘하게 긁어내렸다. 박승필은 단 한 번도 이렇게 길게 정신을 잃어본 적이 없었다.

모텔 안이 그대로라는 사실을 확인한 박승필은 핸드폰을 찾아 들었다. 핸드폰은 작동하지 않았다. 충전기를 물려도 반응하지 않았다. 죽어버린 핸드폰 화면에는 인상을 쓴 박승필의 얼굴만이 비쳤다.

박승필은 물을 끼얹어 땀을 닦아낸 뒤 옷을 입었다. 노인을 만나러 갈 시간이었다. 마지막으로 무언가를 먹은 지 한참 지났지만 배가 고프지 않았다. 박승필은 대수롭지 않게 여기며 가죽 재킷을 걸쳤다.

규림소망요양원은 어제와 같은 모습이었다. 여전히 한적했고 변함없이 너저분했다. 유리문은 잠겨 있지 않았고 로비에는 아무도 없었다. 청소부도 창구 직원도 보이지 않았다. 박승필은 흠집이 널린 타일 바닥을 걸었다. 창구에는 젤리 껍데기가 그대로 널려 있었다.

2층으로 올라간 박승필은 9호실에 노크를 하고는 대답을 기다리지 않고 문을 열었다. 방 안은 여전히 편직물로 가득했다. 아니, 그새 더 늘어났다. 쓰레기통은 베이지색 패턴이 들어간 빨간 뜨개옷을 입고 있었고 건조대에는 흠뻑 젖은 파랑 스웨터가 널려 있었다.

"제시간에 맞춰 왔어."

김금자 노인은 어제와 같은 자리에 앉아 있었다. 발치에는 빨간 색실과 홀더 대신 구불구불 굽이진 하얀 실이 무릎 높이까지 수북하게 쌓여 있었다.

"완성품을 풀어서 새로 뜨기로 했다네. 마음에 들지 않아서 말이야."

노인은 의자를 향해 턱짓했다. 어디에서나 볼 수 있는 싸구려 접이식 의자였다. 방 안에서 편직물에 잠식되지 않은 물건은 그것이 유일했다.

"서 있는 게 낫습니다."

"오늘은 그럴 필요 없어. 앉게."

박승필은 고개를 저었으나 노인은 물러서지 않았다. 나무로 된 뜨개바늘이 스치는 소리가 일곱 번쯤 났을 때, 박승필은 의자로 가 앉았다. 자리에 앉아야 이야기를 한다면 맞춰주지 못할 것도 없었다.

박승필이 자리에 앉자 노인이 편물을 손으로 쥐어짜 빤 것처럼 쭈그러진 입술로 미소를 만들어냈다.

"어제 어디까지 이야기했지? 경철 씨가 죽은 데까지였나?"

노인이 몸을 떨며 마른 웃음을 토했다. 노인은 지난 과거를 반추하는 듯 두 눈을 감고 양손만을 기계적으로 움직였다.

"부검 결과가 나왔고, 나는 감방 대신 정신병원으로 보내졌네. 사람들은 내가 머릿속에 심각한 문제가 있어서 끔찍한 짓을 저질렀다고 생각했지. 아니라고 말했지만 소용없었네. 누가 미친 사람이 하는 말을 믿겠나? 그래서 나는 자연히 입을 다무는 법을 배웠네. 말을 하지 않고 순순히 고개를 끄덕이는 동안에는 아무도 나를 건드리지 않았거든.

입을 닫고 나니 시간이 텅 비었네. 태어나서 한 번도

가져 본 적 없는 시간이 내게 주어진 거야. 처음에는 막막하고 황망하기도 했지만 나쁜 것만은 아니었네. 생각할 수 있는 시간이 생겼으니까 말이야. 나는 빈 시간 동안 생각했네. 내 남편 고경철과 그이에게 일어난 일들을 생각했어.

생각을 하면 할수록 분명해졌지. 나는 어설펐을 뿐 틀리지는 않았네. 나는 그를 수선할 수 있었어. 끊어진 실을 다시 묶고 올이 나간 곳을 찾아 엮어서 아픈 곳을 낫게 할 수 있었단 말일세. 몇 시간, 며칠, 몇 달을 계속 생각했네. 내가 무얼 잘못했는지, 어떻게 했었어야 했는지, 올바른 방식은 무엇인지. 내 머릿속에는 경철 씨의 몸을 살펴봤던 기억이 선명하게 남아 있었네. 나는 경철 씨의 몸이 어떻게 되어 있었는지, 내가 그이의 몸을 어떻게 잘라서 어디에서 무엇을 발견했는지를 끊임없이 반추했네.

그러다 어느 날 문득 깨달았네. 사람의 몸 또한 실을 엮어 만드는 편물과 다를 게 없다는 사실을 말일세."

노인은 편물을 언급하며 손에 든 뜨개질거리를 한 번 추켜올려 보였다. 편물은 어느새 한 뼘이나 늘어나 있었다. 박승필은 인상을 찌푸렸다.

"손뜨개질한 옷이나 목도리 같은 것들이랑 사람이 똑

같다는 말입니까?"

노인은 켈룩켈룩, 폐를 경련하며 웃음소리 같은 것을 만들어 냈다.

"우리 몸이 세포니 단백질이니 하는 것으로 이루어져 있다는 것은 나도 알고 있네. 모든 것은 관점에 따라 다르다는 게야. 살이 파인 상처에 새살이 올라오는 모습을 본 적 있나? 벌어진 상처가 점차 좁혀지면서 상처가 입을 다물지 않나? 뜯겨 나간 편물을 수선하는 방법도 같네. 사라진 코를 하나씩 채워 나간 끝에 찢어진 부분을 봉합하는 거지. 의사들은 혈관을 잇고 상처를 꿰매네. 나는 그네들 같은 방법은 쓸 줄 몰라. 하지만 다루는 것이 편물이라면, 뭐든지 할 수 있다네. 자네도 믿어야 할 걸세. 이 세상에 뜨개질로 만들 수 없는 것은 단 하나도 없다는 사실을."

노인은 계속해서 손을 놀렸다. 부연 흰색 실 사이에서 염색을 잘못했는지 누런 물이 든 부분이 딸려 올라왔다. 노인은 다른 색이 섞이는 것쯤은 신경 쓸 일도 아니라는 듯 이야기를 이어나갔다.

"사람이나 편물이나 다를 게 없다는 사실을 깨닫고 나니 재미있는 일들이 일어났네. 편물이 사람처럼 보이는 게 아니라 사람이 편물처럼 보이기 시작한 게야. 눈에 슬며시 힘을 주면 사람의 몸에서 기계로 뜬 것처럼 촘촘한 코와 그물이 보였네. 사람을 보는 것과 편물을 보는 게 차이가 없어진 거야.

그때부터 나는 사람들을 관찰하기 시작했어. 성격이나 건강 상태에 따라 편물의 상태가 달랐네. 당직 간호사는 실에서 거친 올이 삐져나와 있었지. 자랑하기 좋아하는 의사의 몸은 복잡하고 화려한 패턴으로 장식되어 있었지만 실이 부족했는지 끝까지 완성되어 있지는 않았어. 실속이 없는 남자였고, 머잖아 빚쟁이들에게 끌려갔지.

몇 달쯤 사람들을 관찰하고 나니까 자신감이 생기더군. 손상되고 누락된 부분을 수선할 수 있을 것만 같았네. 실험이 필요했고, 그때 홍남균이 눈에 띄었네."

"두 번째 남편이군요."

노인은 고개를 끄덕였다.

"홍남균은 공장장 아들이었는데, 기가 약하고 허약했어. 그런 사람이 경철 씨에게 일어난 일을 봤으니 고장이 날 수밖에. 홍남균은 자주 나를 찾아왔다네. 내게 책임감 같은 것을 느끼는 것 같았어. 편물로서는 형편없었지. 코과 코의 연결은 느슨했고 이따금 빼먹은 곳도 있었네. 끝맺음도 제대로 되어 있지 않아서 자투리 실이 가닥가닥 매달려 있었네. 내버려두었으면 몇 년 가지 못해 올이 다 풀려 흩어져버렸을 거야. 그런 만큼 수선을 할 맛이 났지.

나는 홍남균이 면회를 올 때마다 조금씩 그를 수선했네. 느슨한 실을 짱짱하게 잡아당기고 결손을 채워넣었지. 부족하면 경철 씨에게서 걷어온 실을 가져다 쓰기도 했어. 어떻게 수선했는지 묻지는 말게. 그건 물리적인 현상이 아니야. 보이지 않는 손과 보이지 않는 실로 잣는 추상적인 작업이지. 내게는 그 모든 작업이 현실이지만 자네한테는 보이지 않을 테니 그냥 그렇게 이해하도록 하게. 중요한 건 내가 홍남균을 수선하는 데 성공했다는 거야."

회상에 잠긴 노인은 막연한 허공에 부연 시선을 던졌다.

"홍남균은 사람이 점점 반듯해졌네. 심약한 부분이 나아졌고 비쩍 마른 몸에도 보기 좋게 살이 올랐어. 그리고 내게 청혼했네. 사람들이 수군거리기는 했지만 나는 청혼을 받아들였네. 처음으로 만들어낸 인간 편물이 어떻게 될지 지켜보고 싶었거든. 공장장은 불만이 많았지만 몇 번 손을 보고 나니까 조용해졌지. 홍남균은 공장을 이어받았고 생활은 풍족해졌네. 썩 괜찮은 시간이었어."

노인은 눈가를 가느다랗게 잡아당기며 웃었다. 박승필은 손가락으로 무릎을 툭툭 두들기며 노인이 언급하지 않은 부분을 지적했다.

"수선하는 데 성공했다면, 홍남균은 왜 죽은 겁니까?"

"아, 어깨에 올이 튀어나왔길래 손을 보다가 실수로 가위질을 잘못했는데 그대로 급사해버렸지 뭔가. 공식적인 사인은 심근경색인가 그랬을 걸세. 슬슬 가도 이상할 게 없는 나이였으니까 아무도 의심하지 않았지."

노인은 담담하게 이야기했다. 박승필은 노인의 목소리에서 아주 작은 감정의 파편조차 느낄 수 없었다.

"다시 수선할 생각은 하지 않았습니까?"

"질렸었거든. 나쁘지는 않았지만, 너무 오래 봤어."

좋아하는 옷이었지만 그냥 버리기로 했다는 듯이, 노인은 가볍게 말했다. 약간의 후련함마저 느껴지는 말투였다. 박승필은 숨을 깊게 들이마셨다. 미세한 털 조각들이 비강을 간지럽혔다.

"죽을 사람을 살려 놓고는 죽게 내버려뒀군요."

"그런 이야기를 기대한 게 아니었나?"

차준형은 그랬을 것이다. 박승필로서는 아무래도 상관없는 일이었다. 그랬을 텐데, 박승필은 김금자 노인과 마주보는 자리가 불편했다. 원인을 찾을 수 없는 불쾌함이 찐득한 습기처럼 피부에 들러붙었다. 박승필은 몸을 들썩이며 자세를 고쳐 앉았다. 노인의 이야기는 아직 끝나지 않았다.

“홍남균이 있었을 때나 없었을 때나 나쁘지 않은 시간이었네. 하지만 그때의 나는 지금보다 조금 더 젊었고, 조금 더 의욕이 있었네. 인간 편물의 맛을 보고 나니 더는 손뜨개질로 만족할 수가 없었던 게야. 인간 편물을 만지는 게 더 복잡하고 어렵거든. 보람도 있고 말이야. 스도쿠 게임을 하는 거랑 비슷하지. 머리를 쓰면 치매 예방에 도움이 된다고 의사들이 그러더군. 홍남균이 죽은 뒤에는 꽤 적극적으로 편물거리를 찾아다녔네. 영감이 가득했다고 해야 할까, 발상이 넘쳤거든. 그러다 조인동을 만났어. 커피색 피부가 아주 마음에 드는 남자였지.”

“피부색만 보고 사람을 골랐단 말입니까?”

“실에서 색이 얼마나 중요한지 모르나 보군. 하늘 아래 같은 색의 실은 없다네. 아름다운 색실은 그것만으로도 가치가 있지.”

노인은 고개를 절레절레 저었다. 노인의 마른 몸은 마치 말라 죽은 나뭇가지처럼 흔들렸다.

"조인동은 평생을 바닷가에서 보낸 남자였어. 몇 가지 수영 자격증이 있었고 해양 레저스포츠 사업을 하고 있었지. 조인동의 근육 잡힌 피부에서는 바다 냄새와 햇빛, 모래 알갱이, 그리고 맑은 땀방울 같은 것들이 느껴졌어. 나는 금방 그것들에 푹 빠졌지.

편물로서 조인동은 짱짱하니 아주 잘 만든 양품이었어. 홍남균 때처럼 비집고 들어갈 결손이 없었지. 그래도 문제는 없었다네. 홍남균과 함께 지내는 동안 없는 부분을 채우는 것 이상의 기술들을 익혔거든. 나는 그때까지 수집한 실로 조인동에게 패턴을 덧씌웠어. 완성된 편물에는 더 이상 손을 댈 수 없을 것 같나? 그렇지 않네. 자르고 떼어내지 않고도 얼마든지 손을 쓸 수 있어.

나는 조인동이라는 편물에 무늬를 넣고 장식을 더하며 흔적을 남겼네. 조인동은 손을 댈 때마다 반응을 보였다네. 원체 착실한 인물이었기 때문에 변화가 더 극명하게 드러났지. 조인동은 점차 안 하던 행동을 하고 안 하던 말을 하기 시작했네. 마치 다른 사람이 된 것처럼 말이야. 내가 그에게 다른 사람의 실을 심었으니 아주 틀린 말도 아니지. 나로서는 편한 일이었어. 조인동이 자기보다 나이가 두 배는 많은 여자하고 결혼하겠다고 들었을 때쯤에는 주변 사람들도 기행에 지쳐 있었거든."

노인이 세 번째 남편을 들인 이야기를 하는 동안 하얀 면으로 시작된 편물에는 어느새 여러 가지 지저분한 색들이 어지럽게 뒤섞였다.

"조인동은 어떻게 되었습니까?"

"실종되었네."

"실제로는?"

"편물로서 충분히 즐긴 다음 매듭을 끊어 실뭉치로 만들었지. 자네만큼이나 덩치가 커서 타래로 만드는 데 고생깨나 했네. 쓸모를 다한 편물은 실로 되돌리는 게 친환경이니까. 리사이클인가 업사이클인가, 그런 거지."

노인은 툭 내밀고 있던 고개를 한쪽으로 꺾었다.

"사실 실종되었다고 하기에는 어폐가 있어. 조인동은 지금도 함께 있거든."

노인은 창문을 향해 턱짓했다. 창문에는 손으로 뜬 커튼이 걸려 있었다. 박승필을 두 명쯤 눕힐 수 있을 만큼 커다란 짙은 갈색 편물은 햇빛을 받아내며 은은하게 빛났다.

"아니……!"

박승필은 자리에서 벌떡 일어났다. 뜨개 패턴이었던 커튼의 무늬가 귓바퀴가 되었다. 종아리가, 어깨가, 손가락과 발가락의 형태가 편물 위로 도드라지기 시작했다. 펼쳐지고 뒤틀린 조인동의 육체가 커튼 봉에 매달려 있었다.

“쯧, 그렇게 물건을 험하게 다루면 쓰나. 털실은 쉽게 상한단 말일세.”

노인은 쩝쩝거리며 바닥을 쳐다봤다. 박승필이 걷어차 날린 접이식 의자가 러그에 자국을 남겼다. 평면으로 넓게 펼쳐 놓은 누군가의 코에 찍힌 자국이 선명하게 새겨졌다. 박승필은 황급히 뒷걸음질을 쳤다. 그는 누군가의 장딴지를, 겨드랑이를, 팔꿈치를 밟았다. 펼쳐지고 재구성된 육체가 구둣발에 짓밟힐 때마다 발밑이 움찔거렸다.

박승필은 쓰러지듯이 벽에 기댄 채 눈동자를 굴렸다. 9호실 전체가 편물로 가득했다. 그 모든 편물이 사람이었다. 아니, 그것들은 처음부터 줄곧 신체의 일부였다.

빨간 코트가 쓰레기통을 감싸고 있었다. 한보관 원장이 입을 둥글게 벌려 쓰레기통을 담고 있었다. 건조대에 걸려 있는 빛바랜 파랑 스웨터는 청소부였다. 왼쪽 뒷발이 뒤통수에 닿은 채로, 오른쪽 무릎과 사타구니가 이어진 채로 청소부는 스웨터가 되어 있었다. 박승필은 노인이 뜨고 있는 편물에서 자그마한 큐빅 장식을 발견했다. 편물의 누리끼리한 부분은 탈색을 반복한 것처럼 유난히 결이 거칠었다. 노인은 지난밤, 해야 할 일이 있다고 했다.

박승필은 거칠어지는 숨을 가다듬었다.

"왜 이 사람들을 죽였습니까?"

"내가 이런 똥통 같은 시설을 찾아 들어온 것은 조용히 지내고 싶어서였네. 자네도 알다시피 피곤한 소문들이 붙었거든. 처음에는 꽤 마음에 들었네. 이것들은 무능한 만큼 무관심했으니까. 그런데 자네가 여기까지 오지 않았나? 그러니 이것들은 쓸모를 다한 셈이지. 나는 못난 것들을 내버려두는 성격이 아니네."

"원장은?"

"내가 자네를 납득시켜야 하나?"

박승필은 고개를 가로저었다. 노인이 무어라 하든 납득하지 못할 것이다. 박승필은 현실주의자였다. 그는 눈에 보이는 것과 피부에 느껴지는 것, 이를테면 돈이나 폭력 같은 것들을 믿었다. 그러니 지금은 면전에 들이닥친 것들을 믿어야 했다.

"나를 죽일 겁니까? 해체해서, 저것들처럼 만들 겁니까?"

박승필은 노인에게 물었다. 그리고 대답을 기다리지 않고 뛰었다. 노인이 입을 동그랗게 모아서 무슨 말인가를 하려는 것을 일별하고, 박승필은 복도로 뛰쳐나갔다.

박승필은 한순간도 지체하지 않고 달렸다. 복도 양쪽으로 시커먼 입을 벌린 방에서 무언가가 비척비척 걸어나왔다. 창백하다 못해 새하얗게 표백된 노인들이 양손을 앞으로 내밀고 박승필을 잡으려 들었다. 박승필은 표백된 존재를 거칠게 뿌리쳤다. 그것들은 싱겁게 날아가 벽에 부딪혔다. 풀썩, 하고 옷감이 내려앉는 소리가 났다. 새하얀 존재는 옷감이 풀리듯 힘을 잃고 쓰러졌다. 숟숟 풀려 내려앉은 피부, 혹은 옷감 안은 텅 비어 있었다. 박승필은 쿵쾅거리는 심장을 감싸 안고 달렸다.

— 너는 죽지 않을 것이다.

가윗날이 사각거리는 소리와 함께 누군가가 귓가에 속삭였다. 박승필은 계단참에서 발을 헛디뎠다. 곰처럼 커다란 몸이 아무런 대처도 하지 못하고 가파른 계단을 데굴데굴 굴러떨어졌다.

— 너는 진실을 목도했으므로 죽지 않을 것이다.

목소리는 박승필이 고통에 빠져 있도록 내버려두지 않았다. 박승필은 신음을 삼키고 바닥을 기었다. 싸늘하게 식은 바닥 타일에서 냉기가 옮아 붙었다. 박승필은 모퉁이가 깨져 나간 타일들을 걷어차며 몸을 일으켰다. 걸음을 내디딜 때마다 타는 듯한 통증이 온몸으로 퍼져

나갔다. 박승필은 되는 대로 허겁지겁 몸을 움직였다.

박승필은 어깨로 유리문을 들이받았다. 문이 불평하듯 큰소리를 내며 열렸다. 박승필은 한쪽 다리를 절름거리며 뛰었다. 자동차 열쇠는 재킷 주머니에 그대로 들어 있었다. 박승필은 덜덜 떨리는 왼손을 오른손으로 쥐어짜듯이 감싸고 버튼을 눌러 자동차 문을 열었다. 바짝 마른 공기가 기다리는 운전석이 그를 받아들였다. 황급히 문을 닫고 잠근 뒤, 박승필은 숨을 골랐다. 이곳은 안전한 공간이었다. 그래야만 했다.

— 죽지 않을 것이다.

박승필은 서둘러 시동을 걸었다. 한시라도 빨리 불길한 장소에서 벗어나야 했다. 박승필은 부러트릴 각오로 있는 힘껏 액셀러레이터를 밟았다. 그런데 발이 헛돌았다. 액셀러레이터는 박승필의 발을 받아내는 것 같더니 이내 형태를 잃고 무너져 내렸다.

박승필은 발을 구르는 자세 그대로 땅바닥에 쓰러졌다. 많은 것들이 형태를 잃었다. 페달, 핸들, 자동차 문과 몸체, 그리고 좌석까지, 박승필의 구형 K7을 이루던 모든 것들이 일시에 무너져 내렸다. 널브러진 박승필은 자신의 몸 위로 쏟아진 것들을 손바닥으로 걷어치웠다. 모두 실이었다. 플라스틱이었고, 철이었고, 자동차였던

실 더미였다.

— 네가 마음에 드는 동안에는, 그리되될 것이다.

목소리는 그렇게 속삭였다.

서걱거리는 가윗날 소리를 마지막으로, 박승필은 정신을 잃었다. 그는 더 이상 아무것도 생각할 필요가 없었다.

* * *

"어떤 멍청한 새끼가 이런 데에다 건물을 지었어. 그러니까 망했지."

차준형은 규림소망요양원 앞에서 차를 세웠다. 남편을 셋이나 잡아먹은 여자가 있다고 해서 박승필을 파견한 지 벌써 열흘이나 지났다. 그보다 길게 기다릴 수는 없었다. 박승필과는 연락이 되지 않았고 요양원에서 일한다던 제보자는 어디론가 사라져버렸는지 나타나지 않았다. 어쩔 수 없이 차준형이 직접 현장으로 나서야 했다.

"이거 박승필이 차가 맞는데. 차를 놔두고 어디 간 거야?"

박승필의 낡은 K7은 요양원 주차장에 있었다. 얼마나

오래 방치해 놓았는지 전면 유리창에는 먼지가 수북했고 천장에는 마른 나뭇잎이 쌓여 있었다. 차준형은 유리창에 낀 먼지를 팔뚝으로 문질러 닦았다. 차 안에는 아무도 없었다.

"차에 없으면 안쪽에 있다는 건데."

차준형은 요양원 건물을 돌아봤다. 간판 글자가 날아간 자리를 현수막이 지키고 있는 건물에는 사람이 관리하는 듯한 흔적이 조금도 없었다. 아무리 봐도 폐허 그 자체였다. 들어가봐야 할까? 차준형은 침을 찍 뱉었다. 허탕 친 셈 치고 이대로 돌아가는 게 좋을 것 같았지만 그러자니 주차장에 있는 박승필의 차가 신경 쓰였다. 박승필은 자기 덩치만 믿고 금방 사람을 깔보는 건방진 놈이었지만 일만큼은 확실하게 처리했다. 그런 박승필이 현장에 차를 두고 사라져버린 것이 신경 쓰였다. 콘텐츠거리를 놓치지 않는 차준형의 감이 민감하게 반응했다.

차준형은 요양원으로 들어갔다. 1층에는 로비와 직원 시설이 있었는데 눈에 띄는 건 없었다. 계단참에 쌓인 먼지가 다른 곳보다 흐린 편이었지만 신경 쓰일 정도는 아니었다.

2층은 좁은 복도를 중심으로 양쪽에 좁아터진 방들

이 늘어서 있었다. 복도에는 뭔지 모를 흰색 천 더미가 쌓여 있었다. 천 더미는 쥐새끼가 둥지라도 틀었는지 이따금 들썩거렸다. 차준형은 천 더미를 무시하고 복도 안쪽으로 들어갔다. 총 열 개가 있는 방에는 팻말이 1부터 9까지밖에 없었다. 차준형은 9호실의 문을 열었다.

방 두 개를 이어 만든 9호실 내부는 텅 비어 있었다. 다른 곳과 달리 먼지가 한 톨도 없는 방을 무언가 지키고 있었다.

"……박승필?"

방을 지키고 있었던 것은 손바닥만 한 뜨개 인형이었다. 인형은 분명 사람의 모습이기는 했으나 단추와 실로 얼굴을 단순하게 묘사했을 뿐이라 특정인을 연상시키지는 않았다. 차준형은 왜 인형을 보고 자기도 모르게 박승필을 떠올렸는지 의아했다.

인형을 조금 더 들여다보려는 순간, 무언가가 차준형의 손가락을 따끔하게 찔렀다.

"뭐야 씨발, 벌레가 있나……."

차준형은 한껏 벌어진 박승필의 입이 끊임없이 신음을 토해내는 것을 알아듣지 못하고, 박승필이었으며 앞으로도 틀림없이 박승필일 뜨개 인형을 내던졌다.

차준형은 돌연 몸을 움츠렸다. 어디선가 차가운 바람

이 흘러들어 목덜미를 휘감았다. 바람 소리는 누군가의 속삭임 같기도, 사각사각 가윗날을 오므리는 것 같기도 했다.

작가의 말

살다 보면 선뜻 이해되지 않는 제안을 받을 때가 있는데, 이를테면 '뜨개질로 세상을 멸망시키는 소설을 써보는 건 어때?' 같은 것이 그렇다. 이런 제안이 곤란한 것은 언뜻 보기에는 말도 안 되는 것 같아도 가만 들여다보면 흥미로운 지점이 있다는 것이다. 생각해보자. 뜨개질은 선을 면으로 바꾸는 작업이니 세계를 구축하는 것이다. 뜨개질로 세계를 만들어 낼 수 있다면 멸망시킬 수도 있는 것이다. 받아들이기 힘든가? 하지만 말도 안 된다며 코웃음을 치는 여러분의 몸이 아주 정교한 편물이라는 것도 대다수의 사람들은 모르지 않나. 진실이란 대체로 그러한 법이다.

이달의 장르소설

리뷰는 리뷰일 뿐
: 좀비닭발

오승진

휘갈겨 쓴 시나리오로 각종 공모 및 지원사업에 선정된 이력은 있으나, 영화로 제작된 바 없다. '뽑아놓고 보니 니 글빨에 속았구나'라는 어느 영화사 PD님의 말씀을 듣고 처음으로 단편소설을 썼다. 「리뷰는 리뷰일 뿐: 좀비닭발」은 시나리오를 쓰던 그때의 내 모습이 그리 처절하지 않게 담겨 있다. 현재 유튜브 채널 'BASIC BREATH'를 운영하며 다양한 영상 제작을 통해 가치실현을 하고 있지만, 사실 구독자가 늘지 않아서 오늘도 속앓이 중이다.

당신이 말하는 요즘 시대가 뭔데요.

동림의 목구멍에서 튀어나올 듯, 튀어나올 듯, 하지만 결코 입 밖으로 내뱉어선 안 되는 그 말이 목젖 어딘가에 걸렸다.

"요즘 시대가 요구하는 걸 써야 된다니까? 젊은 애들이 좋아할 만한 최신 트렌드 몰라? 내가 하나 알려줘?"

"네에……, 대표님께서 하나 알려주시겠……."

"좀비!"

동림의 말이 끝나기도 전에 손바닥으로 책상을 탁! 치며 정란이 말했다.

"좀비 꼭 나와야 된다니까! 요즘 좀비 나오는 작품 다 히트했잖아!"

고작 좀비라는 흔하디흔한 소재거리 하나 말하면서 이렇게나 유난을 떨 줄이야. 동림은 애써 입꼬리를 올려 보이며 구겨진 미소를 지어야 했다.

오늘도 동림은 영화사 대표인 정란과 작품회의를 하고 있다. 한 달 전까지만 해도 타임 루프를 소재로 한 작품이 유행이라면서 남주와 여주가 시공간을 초월하며 사랑하고 이별하는 작품을 만들어야 된다고 말했던 것 같은데, 오늘은 또 좀비라며 판을 뒤집다니. 겨우 웃고는 있지만 코로 흘러내린 동림의 숨이 무겁게 떨어졌다.

"좀비요……?"

"그래, 좀비. MZ세대 애들은 그거 환장한다고."

정란은 자신의 스마트폰을 만지작거리며 말했다. 정란이 '요즘 시대'와 'MZ세대' 라는 말을 자주 사용하게 된 것은, 한 달 전 인스타그램을 시작한 뒤부터였다. 그 중에서 정란이 가장 많이 뒤져보는 게시물은 한류를 이끄는 K팝 아이돌의 사진들이다.

"임 작가는 인스타 안 해? 어제도 해시태그에 좀비 게시물 엄청 뜨던데. 그런 건 모르지?"

"네에……, 저는 SNS를 안해서."

"그럼 폰으로 뭐해?"

"그냥 뭐 이것저것……."

동림의 대답에 정란은 두 눈을 감으며 고개를 좌우로 흔들었다.

"시나리오 작가가 시대의 흐름을 모르면 안 되는데 말이지. 그 정도로 어떻게 공모전에 뽑히고 그랬어?"

정란은 내밀었던 스마트폰을 쏙 집어넣고는 앉아 있던 회전의자를 빙글 돌려버렸다.

제가 쓴 작품은 장르 영화가 아니니까요.

동림은 정란의 등을 바라보며 소리 없이 말했다.

"그건 그렇고, 임 작가. 요근래 작품 안 쓰고 다른데 힘 빼고 있니?"

정란이 다시 몸을 돌리고 동림을 쳐다보았다.

"네?"

"아니, 이거 소재가 문제긴 한데…… 글빨도 예전보다 못한 것 같아서. 임 작가 다른 작품 쓰고 있나 해서."

"아뇨……. 그럴리가요……."

"그래? 그런데…… 왜 난 그렇게 느껴지지?"

동림의 얼굴과 동림이 써온 시나리오를 번갈아 훑겨보는 정란. 어딘가 아쉽다는 듯한 표정으로 시나리오 표지 위의 '작가: 임동림' 이라는 글귀를 검지로 톡톡톡 두들겼다. 동림은 그런 정란을 쳐다보며 다시 구겨진 미소를 지어보였다.

* * *

"좀비물이라……."

만난 지 30분 채 지나지 않아서 정란과의 회의가 끝이 났다. 해가 쨍한 점심에 만나자마자 곧바로 헤어지게 된 것이다. 이럴 줄 알았으면 점심밥이라도 얻어먹고 나올 걸 하고 생각했지만, 언제나 속으로 말할 뿐 결코 그것을 입 밖으로 꺼내지 못하는 동림이었다.

정란과는 1년 전에 알게 된 사이였다. 동림이 처음으로 완성한 영화 시나리오가 어느 공모전에서 턱걸이로 입상했었는데, 그때 심사를 본 사람 중 한 명이 정란이었던 것이다. 당시 정란은 동림에게 다음과 같은 코멘트를 남겼다.

> 보통의 영화 시나리오에서 볼 수 없는 함축적 표현들이 다소 낯설긴 했지만, 그것이 본 작품의 매력으로 다가왔다. 문학적인 시나리오가 영상화되었을 때 새롭게 발현되는 영상 문법은 현재 장르 영화가 주류를 이루고 있는 한국영화업계에서 꼭 살아남아 빛을 봐야 할 보물이 될 수 있다. 확고한 자신감으로 정진하라.

영화사 건물을 빠져나와 시내로 향하자 사람들이 제법 붐볐다. 식사를 하기 위해 거리로 나온 회사원들이 삼삼오오 모여 음식점으로 향하는 모습이 보였다. 동림은 소매가 늘어진 후드티의 매무새를 만지며 길을 걸었다. 다행히 동림의 집은 정란의 영화사와 그리 멀지 않아서 도보로도 충분히 오갈 수 있는 거리였다.

정란이 동림의 작품에 남긴 코멘트는 동림에게서 보물과도 다름없었다. 내 인생에 귀인이라는 존재가 있다면 분명 이 사람이겠지. 회사를 그만두고 시나리오를 썼던 동림이었기에 자신을 알아봐준 정란을 좋아하지 않을 수 없었던 것이다. 임동림이라는 사람에게 임 작가라고 불러주는 사람도 정란이 처음이자 유일한 사람이었다. 그 후, 정란의 연락으로 꾸준한 교류를 하며 동림이 쓴 작품에 관한 대화를 나누었다. 동림은 정란이 곧 자신의 작품을 제작해주리라 믿었다.

언감생심일 리 없다. 작품을 제작해주지 않을 거면서 이런 호의를 베푸는 영화사 대표는 없을 테니까. 아직 이 바닥의 경험이 전무하던 동림은 그렇게 철석같이 믿고 있었다.

시내에 들어서자 음식점이 많았고 손님도 붐볐다. 맛집으로 유명한 어느 음식점에는 웨이팅이 길게 늘어서 있었다. 한때 직장 동료들과 자주 드나들던 프랜차이즈 음식점들의 간판도 보였다.

정란은 과거 제작한 영화가 운 좋게 해외영화제에서 상을 타 세간에 잠깐 화제가 된 적이 있었다. 그렇기에 예술성이 있는 독립영화를 계속해서 제작해왔는데, 갑자기 그 노선을 확 틀어버린 것이다. 어느 순간부터 동림이 그간 집필해온 작품을 봐주지 않았고 보다 대중적인 것, 보다 엔터테이먼트적인 작품을 요구했다. 처음에는 당황도 했지만 어쩌겠는가, 귀인이 원한다는데. '까라면 까야지'라는 마음으로 작품을 썼지만 정란의 마음에 꼭 맞는 작품을 써낼 수는 없었다.

길을 걷던 동림은 어느 떡볶이집 간판을 쳐다보았다. 요즈음 유행인 로제 떡볶이를 간판메뉴로 내건 음식점이었다. 동림은 스마트폰을 꺼내서 엄지로 액정을 틱틱 눌러 배달 앱을 실행시켰다. 눈앞에 보이는 떡볶이집의 정보를 배달 앱을 통해서 검색해봤다. 그대로 스마트폰에 집중하며 길을 걸었다.

* * *

어느새 중천에 있던 해가 뉘엿뉘엿 지고 있는 시간. 좁다란 동림의 자취방에 놓인 TV에는 MZ세대가 그렇게나 열광한다는 K좀비들이 괴성을 지르고 있었다. '크르르르렁!' 하는 기괴한 소리들이 집안에 넘실거리고, 그 소리에 대적할 만한 동림의 키보드 두드리는 소리가 요란하게 들려왔다.

방바닥에는 배달시킨 떡볶이의 포장지 널브러져 있고, 입술에 묻은 로제 떡볶이 소스를 혀로 핥는 동림의 두 눈이 반짝였다. 노트북 화면에는 다음과 같은 문장들이 작성되고 있었다.

과거에서 온 쌀떡과 미래에서 온 로제의 핑크빛 버물림!
시간과 공간을 거스르는 동서양의 만남! 케미가 폭발한다!

쌀떡군 : 오 마이 로제! 아주 오래전부터 당신과 함께 내 육신 볶아지길 기다렸소. 이제는 헤어질 수 없소이다. 조금 더! 조금 더! 조금 더 매운맛으로 볶아주시오!

로제양 : 오랜 시간 나를 기다렸다는 건 거짓말! 짜장 소스와도 연분을 나눈 것을 다 알고 있습니다!

쌀떡군 : 로, 로제……! 그건 나의 진심이 아니었소! 본점에서 별의별 레시피를 다 만들다보니 어쩔 수 없이…….

로제양 : 하지만 운명을 거슬러 어렵게 만난 우리. 나 역시 우리의 지금을 믿어볼게요. 당신과 함께하고 싶어요!

쌀떡군 : 로제에!

로제양 : 아잉♡

후라이팬에서 지글지글 뜨거운 사랑을 나누는 쌀떡과 로제. 그런 두 재료를 멀리서 바라보는 쌀떡의 라이벌 밀떡의 눈빛이 예사롭지 않은데……. (투 비 콘치즈)

음식 리뷰 : 로제 떡볶이 (쌀떡)

맛 평가 : ★★★★

정란에게 까인 타임 루프를 소재로 한 작품을 변형시켜 배달 앱 리뷰로 써버리고 말았다. 맹렬하게 리뷰를 쓰는 동림의 입에서 '크르르르릉' 하는 좀비의 괴성이 새어나오는 것만 같다.

동림에게 있어 시나리오를 집필하는 것 외에 유일한 낙이 있다면, 바로 배달 앱을 이용하여 음식을 주문해서 먹는 일이었다. 배달 앱에 등록된 음식점들은 음식을 주문해 먹고 좋은 평가로 리뷰를 작성해주는 고객들에게 사이드 메뉴를 서비스로 보내주곤 했다. 설령 배달된 떡볶이가 맛이 없어도 '맛있어요'라는 글자 몇 개 무성의하게 작성하면, 무려 군만두를 세 개나 덤으로 얻어먹을 수 있는 것이다.

마침내 좀비들에게 팔을 물어뜯긴 여주의 비명이 TV에서 들려올 때 즈음, 동림은 퍼뜩 정신을 차리고 키보드에서 손가락을 떼어냈다. 그리고는 또 저질러버렸다는 듯 얼굴을 잔뜩 찌푸렸다.

배달 음식 리뷰에 이렇게까지 집중력을 소모하고 싶지는 않았다. 고작 서비스로 김말이 튀김 몇 개 얻어먹어 보겠다고 이렇게나 긴 글을 쓸 줄이야. 정작 집필을 해야 하는 시나리오에 집중하지 않고 다른 곳에 정신이 팔려 있는 자신의 모습이 어딘가 모르게 한심해 보이기도 했다. 하지만 어째서인지 본인이 쓴 시나리오를 정란이 제대로 읽어주지 않은 날은 유난히 맛있는 배달 음식이 먹고 싶었고, 그 음식을 먹으며 이렇게라도 분풀이로 글을 쓰면 스트레스가 해소되곤 하였다.

동림은 스크롤을 내리며 그간 작성한 리뷰들을 찬찬히 살펴보았다. 순살치킨 형사와 깐풍 소스 범죄자의 수사극 '그 누구의 닭다리인가'부터, 시원하고 새콤달콤한 냉면의 청춘 성장기 '찰랑찰랑, 여름 면발'까지 써 온 리뷰만 총 서른 건이 넘었다. 리뷰의 내용은 자신이 쓴 시나리오에서 차용된 컨셉이었다.

"조, 좀비물 시나리오를 써야 되는데……."

실컷 재미나게 리뷰를 써놓고 반성모드에 들어갔다. 하지만 이렇게까지 재미나게 쓴 글은 **진짜**라는 것을 잘 알고 있다. 동림은 노트북에 쓴 글귀를 스마트폰으로 옮겨 배달 앱 리뷰로 등록했다. 그와 동시에 띠링, 알림음이 들려오며 동림의 리뷰에 댓글이 생기기 시작했다.

— 야호! 임 작가님 컴백리뷰! (박수 이모티콘 X 3)

— 임 작가님께 별 4개 받은 거면 선방 쳤네!!!

— 믿배먹! (믿고 배달시켜 먹어도 되는 각!)

— 아ㅋㅋㅋㅋㅋㅋ 밀떡 질투하는 것 봐ㅋㅋㅋㅋㅋㅋㅋ

ㄴ사랑 앞에 양보 없다! 쟁취하라!

ㄴ꺄악! (하트하트 이모티콘)

— 물만두의 스캔들 '얇은 피, 속살 벗기기' 연재 후 무려 일주일 만에!

ㄴ그 후로 물만두 완판됨……. (따봉 이모티콘)

ㄴ(대박 이모티콘 X 5)

ㄴ(오마이갓 이모티콘 x 5)

언제나 그랬듯 배달 앱 아이디 **임 작가**의 게시물에 사용자들이 반응하기 시작했다. 실시간으로 올라오는 댓글들을 읽던 동림은 먹다 남긴 로제 떡볶이를 쳐다보았다. 아직 따뜻함이 남아있는 김말이를 로제 소스에 찍어 입에 넣고는 흐뭇한 미소를 지었다.

— 소오름…… 나 떡볶이집 알바생인데, 실제로 로제 쌀떡이 로제 밀떡보다 잘 팔림…… 현실고증까지 담아냈음…….

(소름 이모티콘)

ㄴ(소름 이모티콘 x 5)

ㄴ(소름 이모티콘 x 10)

— 임작가님…… 과거에 다른 소스들과 바람을 핀 쌀떡이…… 로제소스와 사랑에 성공하는 해피엔딩으로 끝나지는 않겠죠?? 저는 사랑으로 장난을 친 쌀떡이 로제의 사랑을 받을 자격 없다고 생각합니다!ㅜㅜㅜㅜㅜㅜ

ㄴ님ㅋㅋㅋㅋㅋ 진지 빨지 말고 걍 로제떡볶이나 사드셈ㅋㅋㅋㅋㅋ

ㄴㄴㄴ 로제의 선택도 존중해야됨!

ㄴ로제가 밀떡에게 갈수도 있음. 예측불가임 (진지한 이모티콘)

ㄴㄷㄷㄷ 콘치즈도 등장할 듯

웃자고 쓰는 리뷰에 죽자고 의미를 부여하는 배달 앱 사용자들 때문에 가끔은 난감할 때도 있었다. 하지만 이것이 리뷰의 묘미 아니겠는가. 전설의 미스터리 리뷰 작가인 임 작가의 글에는 언제나 커다란 팬덤이 따라왔다. 처음에는 실감이 나지 않아서 난감해하던 임 작가도 이제는 적응을 완료한 뒤, 댓글을 보며 깔깔깔 웃으며 즐겼다.

리뷰는 리뷰일 뿐.

나의 귀한 집중력을 너무 많이 사용하지는 말자.

영화 시나리오 집필을 위해 조금은 아껴두자.

오늘도 다짐을 해보지만 그게 쉽지 않은 밤이었다.

* * *

"그러니까…… 조선에서 이름 꽤 날리던 춤추는 광대가 타임 루프를 통해 먼 미래의 대한민국으로 오게 되고…… 우연히 케이팝 오디션에 참가하게 되어서 한류를 이끄는 가수가 되는데…… 그것을 시기 질투하는 대형기획사 사장이 광대에게 좀비 바이러스를 투여해서…… 콘서트 공연을 하게 된 광대가 갑자기 좀비가 되어 위기에 처하는데……."

동림이 써온 시놉시스를 보고 있던 정란이 중얼거렸다. 결국 정란이 좋아하는 케이팝, 좀비, 타임 루프를 다 섞은 작품을 써왔더니 그것이 머리에서 정리가 잘 되지 않는 모양이었다. 정란이 난감해 하고 있는 사이, 동림은 테이블 위에 놓인 닭발을 입에 넣고 오물오물 씹었다. 야들야들한 살점이 뼈에서 자연스럽게 분리되어 입안에서 굴러다녔다.

"흐음…… 제법 버라이어티한데?"

"그런가요?"

동림은 닭발을 씹으며 눈앞에 있는 정란을 쳐다보았다.

역시 이 사람의 작품 보는 눈은 종잡을 수 없구나.

"결말은 어떻게 돼?"

"글쎄요…… 그건 아직 생각을 못 했는데……."

입안에 있는 닭 뼈를 쏘옥 내뱉으며 동림이 중얼거렸다.

정란은 팔짱을 끼며 깊은 생각에 잠기는 듯했다. 테이블 위에는 숯불 위로 닭발이 구워지고 있었다. 지글지글 소리를 내며 피어오르는 연기가 동림의 입맛을 자극했다. 동림은 적당하게 익은 닭발을 계속해서 입에 넣었다.

"좀비가 된 광대가 우여곡절 끝에 다시 인간이 되긴 하겠지?"

정란의 물음에 동림은 고개를 끄덕였다.

"다시 인간이 된 광대는 케이팝 스타라는 신분을 버리고 조선 시대로 돌아가겠지?"

이번에도 동림은 고개를 끄덕였다.

"아무리 운이 좋게 케이팝 스타가 된다 한들, 사실 광대에게는 분에 넘치는 위치이기도 하니까, 이야기의 결말에는 자신의 본분에 맞는 조선 시대로 돌아가서 다시 광대로 사는 게 자연스러울 것 같은데……. 본인도 그렇게 살아야 행복해할 것 같고."

정란은 그렇게 말을 하며 젓가락으로 숯불 위에 있는 닭발을 한 점 집어서 입에 넣었다. 그리고는 맛있다는 듯 두 눈을 크게 뜨며 반응했다. 동림은 그런 정란을 잠깐 쳐다보았다. 오랜만에 영화 시나리오에 진지하게 반응하는 정란의 모습이 조금 낯설었다. 정란이 숯불 위에 있는 닭발이 타겠다며 어서 먹으라는 듯 손짓하자, 동림은 입꼬리를 올리며 고개를 끄덕였다.

"광대는 어떤 경로를 통해서 좀비 바이러스에 감염되는 거야?"

정란이 작품에 관한 이야기를 계속해서 이어나갔다. 오늘은 대충 휘갈겨 쓴 작품을 보여주고 밥이나 한 끼 제대로 얻어먹으려고 한 게 다였는데, 생각지도 않게 정란이 작품에 꽤 많은 관심을 보이면서 식사 자리가 길어지게 되었다. 정란이 소주를 한 병 주문하자, 닭발 2인분 정도는 추가로 주문해도 될 것이라 예상하는 동림.

"바이러스가 들어 있는 주사를 맞게 된다거나 하면 되지 않을까요. 대부분 영화에서 그렇게 하기도 하고."

동림이 자신의 팔에 주사를 맞는 손짓을 취하며 말했다.

"그건 너무 단순하지 않아?"

정란이 소주가 가득 찬 소주잔을 들어올려 보였다. 동림은 그에 반응해 콜라잔을 올려 정란의 잔에 부딪혔다.

두 사람은 정란의 제작사 근처 닭발집에 있다. 과거 동림이 회사에 다닐 무렵에는 상상도 못 하는 일이었다. 점심시간에 연기 자욱한 닭발집에서 닭발을 구워 먹는다니. 지금은 그때처럼 따박따박 안전한 월급봉투 받지는 못하지만, 창가로 햇볕이 스며드는 이른 시간에 닭발을 지글지글 구우며 영화에 관한 이야기를 하는 것도 꽤 낭만이라면 낭만이 아닐까 생각했다.

"덜 익은 닭발을 먹고 좀비 바이러스에 감염된다면?"

그때 옆에서 한 남자가 두 사람의 대화에 불쑥 끼어들었다. 동림과 정란은 남자의 음성이 들려오는 곳을 향해 고개를 돌렸다. 목소리의 주인은 불판 위의 닭발을 구워주는 종업원이었다.

"하하하, 농담입니다. 아직 닭발이 덜 익었는데 자꾸 드시는 것 같아서요. 원래 숯불구이는 조금 탈 정도로 바싹 구워져야 맛있거든요."

남자는 능수능란하게 불판 위에 있는 닭발을 집게로

뒤집었다. 남자의 말에 재미있다는 듯 정란이 깔깔깔 웃었다.

"재밌는 발상인데? 덜 익은 닭발을 먹고 좀비가 되다니, 만약에 장르가 코미디라면 꽤 괜찮은 설정으로 쓸 수 있겠어."

내가 쓴 작품 코미디인데…….

동림은 콜라를 들이키며 속으로 중얼거렸다.

"하하하, 제 말이 꽤 흥미롭게 들렸나봐요? 사실 조금은 진지한 의미로 말한 것이기도 해요. 예전에 닭발이 제대로 구워지기 전에 음식을 먹고 배탈이 난 손님이 있었는데, 그게 저희들의 오래된 식자재 탓이라고 악의적인 소문을 낸 적이 있었어요."

"그런 일이 있었군요……."

동림은 손등으로 입가에 묻은 콜라를 닦으며 남자의 말에 반응했다.

"네, 그 후로 손님들이 덜 익은 닭발을 먹게 된다면 저희 입장에서는 그게 좀비 바이러스만큼 치명적이거든요. 그래서 저희가 이렇게 직접 구워주는 일이 많아졌어요. 대화하고 계시는데 불쑥 끼어들어서 죄송해요."

"아니야, 아니야. 죄송할 것 하나 없어. 닭발도 너무 맛있는걸."

정란이 닭발 2인분을 더 추가하자, 남자는 미소를 지어보이며 계산대로 향했다.

"아무리 손님이 왕이라지만 본인들 부주의를 음식점 탓으로 돌리면 안 되지. 일하는 사장도 저렇게 어리고, 착하고, 예쁜데 말이야."

"사장이에요?"

"여기 오픈할 때부터 줄곧 매장에 있더라고. 낮이나 밤이나 계속해서 이곳을 지키는 거 보면 아마 사장이겠지? 젊어서 고생은 사서도 한다지만 고생한 만큼 매출도 좀 올랐으면 좋겠네."

정란은 스마트폰으로 숯불 위에 있는 닭발 사진을 찍더니 자신의 인스타그램에 업로드를 하기 시작했다. 나중에 인스타그램으로 가게 홍보 해줬다며 사장에게 생색 좀 내야겠다면서 혼자 낄낄낄 웃기도 했다. 정란이 해시태그로 어떤 글귀를 쓸지 고민하며 스마트폰을 만지작거리는 사이 동림은 가게 내부를 둘러보았다.

음식점 내부는 그리 넓은 편은 아니었다. 4인 테이블이 다섯 개인 실내였다. 어쩌면 여유자금이 넉넉하지 않은 젊은 사장이라서 음식점을 넓은 곳에서 시작하지 못했을지도 모른다. 요란스러운 최신 유행곡이 흘러나오는 음식점도 아니고, 프렌차이즈에서 찍어내는 너도 나도 똑같은 실내 인테리어도 아니고, 무엇보다 닭발이 맛있다. 입소문만 잘 타면 단골손님들 꾸준히 드나드는 맛집이 될 수도 있을 텐데.

윤수네 닭발이라……. 사장 이름이 윤수인가……?

음식점 이름 또한 심플했다. 동림은 사장인 윤수를 힐긋 쳐다보다가 메뉴를 보았다. 벽에는 닭발이라는 두 글자 덩그러니 붙어있고, 몇 가지 소스의 닭발을 선택해서 먹을 수 있는 방식이었다. 그 중 된장 맛 닭발은 아직 개발 중인지 '커밍순'이라고 쓰여 있었다.

"메뉴명이 너무 평범하죠? 닭발 이름을 재미있게 만들고 싶은데, 제가 그런 재주는 없어서 그냥 닭발이라고 써 붙였어요."

신속하게 닭발 2인분을 가져온 윤수가 말했다.

"닭발 이름을 만들고 싶어요?"

"네, 이왕이면 중독성 있는 매운맛의 특징을 잘 살려서, 재미있고 웃기게 만들고 싶은데 좀처럼 떠오르는 게 없네요."

"된장 맛은 아직 개발 중이네? 다음에 오면 먹을 수 있으려나?"

정란이 아쉬운 표정을 지으며 물었다.

"네, 꼭 맛있게 개발해서 다음에는 메뉴로 내놓을 수

있도록 할게요."

정란의 물음에 싱긋 미소 지으며 윤수가 답변했다. 그리고는 닭발을 불판 위에 가지런히 얹어놓고 다른 테이블로 향했다.

동림의 시선은 닭발 연기가 피어오르는 건너편 테이블로 향했다. 회사 내 팀원으로 보이는 세 사람이 서로를 김 과장님, 장 대리, 윤 주임이라고 부르며 닭발을 먹고 있었다. 그중 가장 연배가 높아 보이는 김 과장이 장 대리에게 먹는 속도가 너무 빠른 거 아니냐며 핀잔을 주자 장 대리가 말대꾸를 했다. 그런 두 사람의 말싸움을 말리는 건 가장 나이가 어린 윤 주임이라는 여자였다. 윤 주임은 마치 말썽꾸러기 두 아들의 싸움을 말리는 엄마처럼 중재를 하는 느낌이었다. 물론 그리 심각한 분위기는 아니었다. 서로 친밀한 관계이기 때문에 오고 가는 가벼운 말장난이었다. 동림의 눈에는 세 사람이 꽤 팀워크가 좋은 회사 동료 관계로 보였다.

"그래서 주인공이 어떻게 좀비가 된다는 거지?"

정란이 스마트폰을 내려놓으며 다시 작품 이야기를 꺼내자, 동림의 시선이 다시 정란을 향했다. 숯불 위에 있던 닭발은 지글지글 소리를 내며 조금 탈 정도로 바싹 구워지고 있었다. 정란과 대화를 하던 동림은 음식점 입구에 붙은 **배달 가능** 스티커를 슬쩍 쳐다보았다.

* * *

임 작가 신작 리뷰 시리즈 — 1화

어느 회사 팀원들이 야근을 할 때 있었던 일이다……. 출출해진 팀원들은 야식으로 닭발을 주문했다. 떡볶이, 순대, 치킨, 피자 등 많고 많은 음식 중에…… 그들은 왜 하필 닭발을 주문했을까! 음식이 배달되기 전까지는 그 누구도 예상하지 못했다! 화끈한 닭발 소스 입에 넣는 순간. 치명적인 바이러스에 감염된다는 사실을!

장 대리 : 과, 과장님, 너무 맛있어서…… 소, 손이 멈추지 않아요…….

김 과장 : 진정해 장 대리! 초반부터 비닐장갑 끼고 먹지 말랬잖아! 어서 젓가락을 사용해!

윤 주임 : 이미 늦었어요! 아무래도 닭발 소스를 제대로 맛본 것 같아요!

장 대리 : 매운데…… 매운데…… 계속해서 먹고 싶어요…… 크헉!

김 과장 : 이 친구 이거…… 제대로 중독됐나 보군! 윤 주임 뭐해!? 어서 장 대리 손에 있는 비닐장갑 좀 벗겨봐!

윤 주임 : 네!

팀원들 전원이 달려들어 장 대리의 비닐장갑을 벗기려 하지만, 이미 입가에 불닭 소스를 잔뜩 묻힌 장 대리를 멈출 수는 없었다! 계속해서 허겁지겁 닭발을 입에 넣어버리는 장 대리! 김 과장과 윤 주임은 그 모습 보고도 믿기 어렵다는 눈치다……. (투 비 된장맛)

음식 리뷰 : 좀비닭발

맛 평가 : ★★★★★

너무 자극적인가?

동림이 안경을 고쳐쓰며 노트북 화면을 살펴보았다.

다음 날, 동림은 정란과 함께 먹었던 윤수네 닭발을 배달 주문해서 먹은 뒤, 배달 앱에 리뷰를 작성했다. 정란에게 된통 까인 날이 아닌데도 매콤한 윤수네 닭발이 당겼던 것이다. 물론 리뷰는 자신이 집필한 시나리오의 소재였던 좀비 컨셉을 고스란히 사용해 버렸다.

— 오 마이 가앗! 임 작가님이 별 다섯 개를 준 음식점이라니!

— 여기 어디임?? (궁금해 이모티콘)

— 새로 생긴 곳?? (궁금해 이모티콘 x 5)

— 선발대 출동하라!

ㄴ 예썰! 오늘 밤 야근하는데 팀원들과 닭발시켜 먹어보겠음!

ㄴ 과연 장 대리는 정말로 좀비가 될까요 ㄷㄷㄷ

임 작가가 배달 음식 리뷰를 작성할 때, 반드시 지키는 자신만의 철칙이 하나 있었다. 자신이 돈을 주고 사 먹은 배달 음식 리뷰든, 음식점 광고를 위해 돈을 받고 써야 하는 리뷰든, 반드시 맛 평가로 별점을 줄 때만큼은 자신의 소신대로 점수를 매기는 것이었다.

그래서 점주 중에서는 돈을 입금해 주는데도 별을 다섯 개씩 찍어주지 않는 임 작가의 존재가 아니꼽게 여기어질 때도 있었지만, 그것에 관하여 임 작가는 타협하고 싶지 않았다. 배달 음식 리뷰를 할 때만큼은 자신이 배달 앱 내에서 쌓아온 명성과 신뢰, 그 모든 것을 걸고 평가를 하기로 유명한 임 작가였기 때문. 그 신념과 고집이 있었기에 지금의 임 작가라는 아이디가 빛날 수 있었던 것이다.

그리고 애초에 별을 몇 개나 받든, 임 작가의 리뷰가

등록되는 것만으로도 음식점 사장들에게는 이익인 셈이었다. 물론 별을 많이 주지 못한 음식점에게는 미안하기도 했지만, 그렇다고 그럴 자격 없는 음식점에 별을 다섯 개나 줄 수도 없는 일이었다. 개중에는 그나마 좋은 평을 해주기도 아까울 만큼 맛도 서비스도 형편없는 곳도 더러 있었지만, 좋은 게 좋은 거라고 별을 서너 개씩 꼭 챙겨주긴 했다.

그렇게 자신만의 정직함으로 리뷰를 작성하는 것이 임 작가의 사명이자, 이 시대의 마지막 양심 같은 것이라고 스스로 믿어왔다. 때문에 넉 달 전, 복자할매 부대찌개의 '뜨겁게 진격하라! 스팸 병장과 두부 대원들' 이후로 오랜만에 별 다섯 개 리뷰인 '좀비닭발'이 탄생하자 그 반응은 굉장히 뜨거웠다. 임 작가의 리뷰에 실시간으로 댓글 등록되는 알림음이 멈추지 않고 계속해서 들려오는 밤이었다.

* * *

"그날 이후로 손님이 없네요."

요리사 박 씨가 주방을 나오며 중얼거렸다.

"매일 식자재를 점검하는데, 어떻게 상한 재료를 사

용했다고 주장하는 건지……."

"하하하, 저야 늘 박 씨 아저씨 믿고 있으니까, 너무 신경 쓰지 말아요."

한가로이 매장에 서 있던 윤수가 박 씨를 쳐다보며 말했다.

윤수네 닭발이 창업한 지 두 달이 넘어가는 시점이었다. 주변 닭발 전문 프렌차이즈와는 달리 자신만의 레시피를 통해서 닭발을 팔았던 윤수네 닭발은 사람들에게 꽤 반응이 좋았다. 닭발은 술안주로만 먹어야 한다는 고정관념에서 탈피하듯, 점심과 저녁 구분할 것 없이 손님들이 항상 줄을 서서 기다릴 정도로 인기가 있었고, 그것은 잠시 반짝하고 사라지는 오픈빨이 아니었다.

하지만 윤수네 닭발을 먹고 배탈이 났다던 손님이 인스타그램과 배달 앱 리뷰에 남긴 글의 여파가 꽤 컸다. 관련 게시물은 마치 윤수네 음식점의 소개글 마냥 전파되었고, 그 후로 윤수네 닭발은 기대 이하라는 낮은 평을 받으며 손님들의 발길이 하나둘씩 떨어지게 된 것이다.

"리뷰 같은 게 이렇게나 파급력이 있는 줄은 몰랐네요. 손님들이 직접 작성한 글이라서 저희가 삭제할 수도 없고. 이게 꼬리표처럼 계속 따라다니네요."

스마트폰으로 배달 앱 리뷰를 바라보던 윤수가 머리

를 긁적이며 웃었다.

"그거 경쟁 업체가 작정하고 쓴 글일지도 몰라요. 우리 가게 맛있어서 입소문 날 거 같으니까 초반에 여론몰이 한 거라고요."

"에이, 설마요."

"사장님은 뭐가 그렇게 여유로워서 맨날 허허실실 좋은 얼굴만 하고 있는 거예요. 이유 없이 악의적으로 남겨지는 리뷰가 계속 생기는 거 보면 몰라요?"

흥분한 박 씨의 말에 '릴렉스, 릴렉스'라고 말하며 윤수가 두 손을 위에서 아래로 내리는 제스처를 했다. 박 씨는 답답하다는 듯 숨을 몰아쉬며 주방으로 들어섰다. 그런 박 씨를 웃으며 바라보던 윤수는 고개를 돌리고 얼굴에 있던 웃음을 싹 거두었다.

윤수라고 그런 의심을 하지 않았겠는가. 이십 대 초반부터 여러 음식점을 전전하며 요리를 배우던 윤수도 세상이 어떻게 돌아가는지는 몸소 겪으며 배운 바가 있다. 세상에서 가장 더럽고 치사한 게 요식업계라는 것즈음은 주방에서 맨손으로 불판 닦으며 함께 일하던 형들에게 괴롭힘 받던 시절부터 알 수 있었다. 그런 윤수였기에 본인보다 덩치가 큰 업체의 공격에 섣불리 대응했다가 본전도 못 챙긴다는 것 역시 잘 알고 있었다.

"우리도 인플루엔서인지 인플루엔자인지 하는 사람들한테 돈 좀 쥐여주고 좋은 평가 좀 써달라고 하는 건 어때요?"

주방에 들어선 박 씨가 고개를 쏙 내밀고 말했다.

"그럴까요? 우리도 광고 같은 거 해야 될까요?"

윤수는 다시 박 씨를 향해 하얀 이를 드러내며 미소 지으며 말했다.

"얼마 전에 내 친구놈 하나 회사 때려치우고 치킨집 차렸거든요. 처음에는 장사 안된다고 징징거렸는데, 결국 광고하는 사람들한테 돈 좀 주고 홍보 좀 했더니 하루아침에 맛집으로 등극했잖아요. 그런 맛대가리 하나 없는 프렌차이즈가 맛집이 되다니……. 참 웃긴 세상이에요."

사람을 고용해서 음식점 홍보를 하자고 말하던 박 씨도 어딘가 씁쓸하긴 마찬가지였다. 하지만 이미 세상은 그렇게 움직이고 있는 듯했고, 남들 다하는 유료광고 우리도 선택 아닌 필수라고 여기게 된 것이다.

"네! 긍정적으로 한번 생각해 보겠습니다!"

윤수는 장난스레 손을 이마에 올려 경례하는 자세를 취하며 말했다. 그런 장난스러운 행동에 박 씨는 심드렁한 표정을 지으며 다시 주방으로 얼굴을 넣어버렸다.

어느새 늦은 밤, 주변 음식점 간판 네온이 깜깜한 밤을 밝히고 있을 무렵이었다. 윤수는 손님 하나 없는 매장에 우두하니 서서 밖을 쳐다보았다. 거리에는 사람들이 지나다니지 않을 만큼 깊은 어둠이 깔려 있었고, 배달 음식 스쿠터가 이따금 윤수네 음식점 앞을 지나다녔다.

"우리 것도 맛있는데……."

멍한 표정을 짓고 있던 윤수의 입에서 힘없는 혼잣말이 흘러나올 때였다. 음식점으로 전화가 왔다. 윤수는 다시 생기 있는 얼굴을 하고서는 날렵하게 손을 빼 전화를 받았다.

"좀비닭발!"

전화를 받자마자 들려온 남성의 목소리에 윤수는 당황했다.

"네에……?"

"좀비닭발 3인분 포장할게요! 20분 후에 매장으로 찾으러 가도 될까요?"

"좀비…… 닭발이요……?"

윤수가 수화기 너머로 들려오는 남성의 말을 되뇌자, 주방에 있던 박 씨도 얼굴을 빼꼼 내밀고 윤수를 쳐다보았다.

"리뷰에 있던데? 좀비닭발이요!"

"리뷰요? 자, 잠시만 기다려보시겠어요?"

윤수는 얼른 스마트폰을 꺼내서 오늘의 배달 내역을 확인하였다. 금일 저녁에 배달하고 온 손님의 리뷰가 하나 올라와 있었는데, 그 분량이 상당히 길었다. 윤수는 리뷰의 앞머리를 더듬더듬 읽어보았다.

"임 작가 신작 리뷰 시리즈……?"

윤수는 고개를 갸웃거리며 스마트폰 액정을 뚫어져라 쳐다보았다.

* * *

"좀비…… 좀비…… 좀비…… 닭발…… 푸하하하!"

키보드를 두드리며 영화 시나리오를 쓰고 있던 동림이 배를 잡고 웃었다. 좀비가 등장하는 시나리오를 써야 하는데, 어제 본인이 쓴 좀비닭발 리뷰가 자꾸 떠오르는 모양이었다.

"내가 만들었지만 너무 창의적이네. 좀비닭발 대박나라."

동림은 간밤에 먹었던 닭발 케이스를 쳐다봤다. 검지로 닭발 케이스를 조준하더니 '빵야!' 하고 총을 쏘는 시늉을 했다.

임 작가가 배달 앱에 남긴 리뷰의 반응은 뜨거웠다. 예상대로 임 작가의 리뷰를 보고 야식으로 닭발을 배달시켜 먹겠다는 회사원들이 많았던 것이다. 누가 뭐래도 배달 앱 내에서는 베스트 리뷰 작가의 삶을 살고 있는 임동림. 어제부터 배달 앱 사용자들이 임 작가의 리뷰에 댓글을 남길 때마다 띠롱, 알림음이 밤새 들려왔고, 그 알림음을 백그라운드 음악 삼아서 윤수네 닭발을 입에 물고 혼자서 춤을 추기도 했다.

하지만 다시 노트북 화면을 쳐다보며 미간을 찌푸리기 시작하는 동림. 시나리오에 써야 할 집중력을 또 배달 앱 리뷰에 써버린 건 아닌지. 매번 반복하는 후회를 오늘도 하고 있는 중이었다.

"좀비…… 좀비…… 좀비…… 감염…… ㄲ으으응……."

동림의 고민은 시나리오에 등장하는 주인공이 어떻게 좀비 바이러스에 감염이 되느냐 하는 대목이었다. 얼마 전 윤수네 닭발을 먹으며 정란이 궁금해하던 바로 그 부분을 아직도 해결하지 못한 것이다.

바이러스가 든 주사를 맞고 좀비가 되는 건 식상하다고? 그럼 주변에 있는 다른 좀비에게 물려서 좀비가 되는 게 나으려나? 동림은 의자에서 일어나 방안을 걸어

다니며 깊은 고뇌에 빠지고 있었다.

배도 고픈데 배달 음식이나 하나 시켜 먹고 생각할까?

동림은 책상 위에 놓인 스마트폰을 쳐다보았다. 그리고는 '안돼! 안돼! 나를 유혹하지마!'라고 지껄이며 혼자서 희극 배우처럼 연기를 하기 시작했다. 하지만 스마트폰을 거부하고 있는 표정과는 달리 이미 스마트폰을 향해 쭉 뻗은 손은 막을 길이 없는 듯했다.

* * *

"그러니까…… 과거에서 현재로 오게 된 광대가 케이팝 스타가 되고…… 큰 무대 공연을 하기 위해 리허설을 끝내고 대기실로 돌아온 뒤, 댄스팀과 함께 배달된 도시락을 먹게 되는데…… 좀비 바이러스에 감염된 덜 익은 숯불 닭발을 먹게 되고…… 댄스팀과 함께 단체로 좀비가 된 거네?"

"네…… 공연 중에 좀비로 변해서…… 좀비 댄스를 추게 되는데, 대중들은 그것이 의도적인 연출인 줄 알고 되려 열광을 해요……."

결국 동림은 윤수가 내뱉은 장난스러운 말을 고스란히 주워다가 사용하고 말았다.

"덜 익은 닭발이란 말이지……."

하지만 꽤 진지하게 반응하는 정란을 보고 있으니 어쩌면 먹힐지도 모른다는 생각이 들었다. 반신반의한 표정으로 의자 등받이에 몸을 기대고 있는 정란을 보며, 오늘도 점심밥은 얻어먹고 갈 수 있을 것이라 예상했다.

"닭발이라는 소재가 제법 한국적이지 않나요? 저희 작품이 나중에 제작이 되어서 온라인플랫폼에 전 세계적으로 공개될 텐데. 그때 해외시청자들이 작품을 통해서 닭발이라는 한국 음식을 알게 되는 거잖아요."

"흐음……."

"가장 한국적인 것이 가장 세계적이다! 아자아자!"

동림은 허공을 향해 주먹질을 하며 당찬 한국인으로서의 포부를 외쳤다. 생각하고 있지도 않았던 말들이 머릿속의 필터를 거치지 않고 제멋대로 입 밖으로 튀어나오고 있었다.

동림을 바라보던 정란은 잠시 눈을 감은 뒤 고개를 끄덕였다.

"그래, 글로벌하게 한번 가보자. 닭발이라는 소재 나쁘지 않군."

"닭발로 픽스하는 건가요?"

정란은 감은 눈을 뜬 뒤, 우수에 찬 눈동자로 동림을

쳐다보며 고개를 끄덕였다.

맙소사, 이게 먹힐 줄이야. 막상 인정을 받아도 황당하긴 마찬가지였다. 어딘가 모르게 반짝이고 있는 정란의 두 눈동자 주변에는 한류, 케이팝, 글로벌 등의 단어들이 둥둥 떠다니고 있는 것은 아닐까, 내심 우려스럽기도 했다.

"결국 코미디적인 느낌을 살린다는 거지? 재밌을 거 같아."

그러니까 장르는 처음부터 코미디였다니까요.

"하긴 나도 윤수네 닭발 사장이 그런 말을 했을 때, 꽤 신선하다는 생각을 했었어."

"네, 가끔은 영화적인 관점에서 벗어나서 자유로워지는 것도 좋은 것 같아요."

동림이 말했다. 물론 진심에서 우러나온 말이었다.

"좋다. 오늘도 너는 밥 먹고 나는 술 마시며, 시나리오 이야기해볼까?"

정란의 말에 동림은 '예스!' 하고 두 주먹을 불끈 쥐었다.

"어딜 갈까……. 말 나온 김에 윤수네 닭발 가볼까?"

"네, 좋아요."

동림의 얼굴에 절로 미소가 흘렀다.

"그런데 거기 이제 맛집 등극이더라."

"그래요?"

여전히 흐뭇한 웃음을 머금고 있는 동림이었다.

* * *

"엥……? 이 정도로 인기가 많아졌다고?"

때마침 점심 시간대이기도 했지만, 예전과는 다르게 윤수네 닭발 앞에 웨이팅이 꽤 길게 늘어져 있었다.

"2…… 4…… 6…… 8…… 우와, 열 명이 넘네?"

검지와 중지로 줄지어 선 사람들을 두 명씩 가리키던 정란이 혀를 내둘렀다.

"맛있긴 했잖아요. 입소문을 탔나 보네요."

"그래도 그렇지. 이 정도는 아니었는데……."

동림은 눈앞에 줄지어 서 있는 사람들을 쳐다보았다. 손목시계를 수시로 쳐다보며 발을 동동 구르고 있는 인근 회사원들부터, 스마트폰을 만지작거리며 왁자지껄 떠들고 있는 대학생들까지 연령대도 다양했다. '너무 매우면 어쩌지,' '먹고 진짜 좀비 되는 거 아냐?' 하고 배달 앱 속의 임 작가 리뷰에 기대하는 대화도 들리곤 했다.

고개를 돌리고 유리창 너머 음식점 매장을 쳐다보았다. 매장 안에는 예전에도 닭발을 맛있게 먹던 김 과장, 장 대리, 윤 주임이 보였다. 오늘은 장 대리가 잘 구워진 닭발을 김 과장에게 건네주자 김 과장이 입으로 낼름 받아먹고, 옆에서 그 모습을 지켜보던 윤 주임이 재밌다는 듯 웃고 있었다. 저 사람들은 정말로 사이가 좋은 동료들이구나, 동림은 세 사람을 쳐다보며 흐뭇한 미소를 지었다.

그리고 세 사람의 앞으로, 바쁘지만 결코 허둥대지 않고 친절한 표정으로 손님들을 응대하는 윤수가 보였다. 손님들이 앉은 테이블 사이로 부지런히 몸을 움직이며 밖에서 대기하고 있는 손님들까지 살펴보던 윤수. 동림과 눈이 마주치자 서둘러 밖으로 나왔다.

"죄송해요. 오늘은 많이 바빠서 어떡하죠."

"죄송하긴 뭐가 죄송해. 음식 맛있다고 소문나서 손님 많으면 좋은 거지. 내가 인스타에 홍보해줘서 그런 거 아냐?"

정란이 손바닥으로 윤수의 등을 후려치며 말했다.

"네, 감사해요. 덕분에 입소문을 탄 건지도 모르겠네요."

그걸 또 받아주는 윤수였다. 꽤 아팠는지 손바닥으로 등을 비비적거리며 대답했다.

"닭발 이름은 정했어요?"

동림이 윤수의 얼굴을 쳐다보며 물었다.

"아, 그게……. 사실 예전에 어떤 분이 배달로 음식을 드시고 이름을 붙여주셨는데, 그걸 써도 될지 고민이에요."

"써도 되지 않을까요? 닭발이 정말 맛있어서 별명을 붙여준 거 같은데."

"그런가요? 그래도 괜찮을까요?"

윤수의 말에 동림은 입꼬리를 올리며 고개를 끄덕였다. 정란은 두 사람을 번갈아 쳐다보며 고개를 갸웃거렸다.

매장 안에 있던 박 씨가 바쁘다며 윤수를 부르자 웃으며 대답하는 윤수. 동림과 정란에게 닭발을 먹으려면 꽤 많이 기다려야 될지도 모른다는 말을 남기고 매장 안으로 들어가 버렸다.

"차암 어리고, 착하고, 예뻐. 그치?"

정란은 바쁘게 움직이는 윤수의 뒷모습을 흐뭇하게 바라보며 말했다.

"그렇네요."

동림도 윤수를 바라보고 있었다.

두 사람은 잠시 윤수네 닭발 매장 앞에서 대기하다가,

결국 다른 음식점을 찾아나서기로 했다. 발걸음을 옮기다 슬쩍 뒤를 쳐다보자, 동림을 바라보고 있던 윤수가 손을 크게 흔들었다. 머뭇거리던 동림도 손을 흔들어주고 얼른 고개를 돌렸다.

* * *

저녁이 될 무렵, 집에 돌아온 동림은 일찌감치 글 작업을 할 준비를 했다. 오늘은 정란이 점심밥도 사주고, 출출할 때 먹으라며 포장 음식도 사준 날이었다.

어지간히 내 작품이 마음에 든 모양이군.

아직 전원에 불이 들어오지 않은 노트북 화면에 동림의 익살스러운 얼굴이 살짝 비쳤다. 아주 잠시 기분 좋을 정도로 혼자서 우쭐거린 뒤, 동림은 입으로 머리끈을 문 채 양손으로 자신의 긴 머리를 뒤로 모으기 시작했다.

사실 본인이 생각하기에도 내심 신기했다. 얼렁뚱땅 써버린 상업적인 장르 영화 시나리오가 정란에게 인정받는다는 것 자체가. 물론 본인이 처음부터 끝까지 잘했다기보다는, 윤수의 도움이 결정적이긴 했지만 말이다.

어느새 노트북 화면에는 미소 짓고 있는 동림의 얼굴

이 비치고 있었다.

동림은 머리끈으로 머리카락을 힘차게 묶으며 '자아, 달려볼까' 하고 혼잣말을 내뱉은 뒤 노트북 전원 스위치를 눌렀다. 화면에 환한 빛이 들어왔다.

"조미료 맛이 너무 난다……."

기분 좋게 글을 쓰던 동림이 미간을 찌푸린 것은 정란이 사준 포장 음식을 먹을 때였다.

낮에 윤수네 닭발에 가지 못한 두 사람은 다른 닭발 전문점에 가게 되었고, 그곳에서 매운 닭발을 먹고 포장을 해왔다. 그런데 낮에 먹은 음식을 저녁에도 먹으려니 입에 물려서 좀처럼 먹고 싶은 생각이 들지 않았다. 식은 음식을 전자레인지에 데워 먹어도 끼니를 때울 수 있다면 군말 없이 입에 넣고 씹어삼키던 작가 지망생이 이제는 필요 이상으로 입맛이 사치스러워진 건 아닌가 싶었다.

"좀비닭발이라면 또 먹을 수 있는데……."

젓가락을 입에 물고 윤수네 닭발을 떠올렸다. 좀비닭발 리뷰를 쓰지 얼마 되지도 않았는데 벌써 주문배달을 하자니, 조금은 **속 보이는 건 아닌가** 생각했다.

"아냐, 좀비닭발을 신작 리뷰로 연재하기로 했으니

까……. 2화를 쓰는 건 당연한 거야……."

방바닥에서 일어나 결심했다는 듯 고개를 끄덕이는 동림. 스마트폰을 집어든다. 배달 앱 리뷰 거장은 자기 합리화 역시 일품이었다.

- 계속 -

작가의 말

작품 속 동림은 성별만 달랐다 뿐이지 어느 시절의 내 모습이라는 것을 한 번 더 언급하고 싶다. (물론 동림처럼 전설의 리뷰 작가로서 어마어마한 영향력을 발휘한 적은 없지만) 그때는 경제적으로 궁핍했고, 지금은 그때만큼 배곯지 않을 뿐 여전히 여유롭다고 말하지 못하는 상황이지만, 무사히 오늘 하루만큼의 글 작업을 마치고, 맛있는 배달 음식을 시켜 먹을 때, '이런 삶도 나름 괜찮은데?'라며 뻴 충만하게 콧노래를 흥얼거리는 버릇은 여전하다.

배달 앱과 리뷰라는 소재는 2019년 여름에 떠올렸다. 실제로 배달 앱을 통해서 배달 음식을 주문해 먹고 음식점 평가를 좋게 해주면 서비스로 사이드 메뉴를 받을 수가 있는데, 나는 좀처럼 그 리뷰라는 것을 '적당하게' 작성하지 못했다. 하루에 글을 쓰는 에너지는 한정되어 있는데, 엉뚱하게도 배달 앱 리뷰에 절반 이상의 에너지를 사용해버리곤 했던 것이다. 그러다보니 정작 시나리오 작업을 할 때는 손끝에서 결정적인 무언가가 튀어나오지 못했다.

나는 배달 앱 리뷰를 통해서 얻게 된 사이드 메뉴를 먹으면서 살아있음을 느끼곤 했다. 시나리오를 쓴다는 것만으로 세상과 어느 정도 단절이 된다는 사실을 실감하며 점점 커져가는 고립감을 느끼고 있었기 때문에, 유일하게 세상과 소통을 하는 통로가 바로 배달 음식을 먹고 음식점 사장님들에게 리뷰를 써주는 것이라고 여겼던 것 같다. (내 시나리오는 제작사들이 제대로 봐주지 않지만, 배달 앱 리뷰는 음식점 사장님들이 보고 댓글까지 남겨주니까.)

이런 경험을 하나의 작품으로 만든다면 꽤 귀여운(?) 소재가 되지 않을까, 라는 생각이 들었다. 그렇게 세월이 흘러 「리뷰는 리뷰일 뿐: 좀비닭발」이라는 하나의 중편소설을 완성했고, 이번 공모에는 단편소설이라는 분량에 맞춰서 작품의 도입부만 떼어다가 지원을 하게 되었다. (이 말인즉 슨, 현재의 작품에 던져놓고 회수하지 못한 떡밥들이 존재할 정도로 다양한 에피소드들이 남아 있다는 의미! 출판사와 제작사 PD님들 잘 좀 봐 주세용♥)

비하인드 스토리는 날밤이 새도록 더 들려줄 수 있지만, 출판사에서 이런 내가 마음에 안 드는지 작가의 소개와 작가의 말을 수정해달라는 요청이 와서 이 정도에서 마무리하련다. (분량도 한정되어 있어서 감사한 분들 샤라웃도 다 못해준다. 그래도 이해해주시길.) 마지막으로 내 직업이 뭔지 모르던 엄마, 아빠, 누나, 매형, 그리고 조카 주하야. 앞으로도 내 직업을 모르는 시간이 더 늘어날 것 같아서 정말 미안하고, 감사한 마음을 전합니다.

이달의 장르소설

너만을 위한 플레이리스트

유연

2000년생. 방송작가로 일하며 다양한 마음을 글로 짓고 있다.『게으른 킨코』로 한국소설신인상을,『유자』로 소설미학 신인상을 받았다. 소설을 쓰지 않을 때는 도자기를 빚는다.

벽에 붙여둔 세계지도가 떨어졌다. 1월의 바람 탓이었다. 하연은 심장이 덜컥 침대 밑으로 떨어지는 듯한 느낌을 받으며 눈을 떴다. 요란스러운 메일 알람 소리도 아니고, 고작 두껍게 코팅된 종이가 펄럭이는 소리 때문에 이 동면에서 깨어나다니. 그렇지만 세계지도는 단연 하연의 보물 1호였다. 32년 동안 단 한 번도 1위의 자리를 뺏기지 않은 소중한 물건이었다.

하연은 스프링처럼 튀어나가 아직도 뱅글뱅글 굴러다니는 압정을 주워선 자신의 몸집만 한 세계지도를 다시 벽에 붙였다. 강박처럼, 한 치의 오차도 없이 방 정면의 정 중앙에. 그리고 세 걸음 뒤로 가서 팔짱을 끼고 만족한다는 듯이 지도를 봐야 했다. 이것 역시 강박처럼. 그리고 여기저기 가보지도 못한 도시들을 표시한 흔적으로 지저분한 지구본이 받침대에 안전히 잘 붙어 있는지도 한 번 확인했다. 지구가 아주 정상적으로 잘 붙어 있었다. 지도가 제자리를 찾으니 드디어 주변의 소음이 하연의 귀에 하나둘 들리기 시작했다.

하연은 요란스러운 메일함 알림을 끄고 서둘러 양치를 했다. 이대로 두다간 메일함이 터질 것 같았다. 단내가 쏙 사라지고 삽시간에 개운해지는 입안. 칫솔질은 어느새 리듬을 타기 시작했고 하연의 머릿속에는 음악이 재생됐다.

"토요일 아침이니까, 클럽하우스의 Weekend가 좋겠어. 아, 이건 진짜 나만 알고 싶은 곡인데……."

하연이 거품을 뱉으며 중얼거렸다. 이렇게 머릿속에서 노래가 퐁퐁 솟아오르는 것은 하연이 어느 정도 회복되었다는 증거였다.

양치를 하고 5초 만에 출근을 마쳤다. 연희동의 작은 투룸 빌라. 한쪽 방은 하연이 자는 방이었는데 그녀는 그 방을 '기내'라고 불렀다. 뻔하게도 그 의미는 비행기의 '기내'가 맞았다.

그렇지만 그녀는 단 한 번도 비행기를 타 본 적이 없었다.

옆 방은 뮤직 플레이리스트 유튜버 '솜머'의 스튜디오였다. 하연은 솜머라 불리는 얼굴도, 목소리도 없는 유튜버였다. 솜머는 독일어로 '청춘'이라는 뜻이다. 여덟 살까지 살았다는 기억도 나지 않는 네덜란드를 추억하며 그 나라의 언어로 '청춘'인 단어를 쓰려고 했으나, 뭔 발음하기도 어려운 말이 사전에 검색되길래 바로 포기했다. 그래서 네덜란드의 이웃 나라인 독일어에서 단어를 따왔다. 그러니까, 별 의미는 없었다. 의미에 의미를 두지 않는 것. 하연이 고수해온 삶의 방식이었다.

그녀는 음악과 관계가 없는 3년제 예술전문대학교에서 일러스트와 만화를 전공했다. 하연은 대한민국에서 그 그림체를 모르는 사람이 없을 정도로 유명한 만화가 태수의 딸이었기에 그림을 전공한 것은 당연했다. 어렸을 때부터 다양한 재료로 그린 선들에 둘러 쌓여 있었고, 아버지가 망친 선위에 그림을 덧대어 다시 살려내기를 즐겼으며, 여기저기 방치된 팔레트로 새로운 색을 만드는 것이 놀이터에서 친구들과 노는 것보다 재미있었다. 그녀의 재능은 가히 '영재'라 불러도 무방했다. 실제로 '영재 발굴단' TV쇼에 나간 적도 있었다. 물론 하연의 출연은 제작진들이 태수의 유명세를 이용해 화제성을 노린 것에 불과했다.

태수는 그녀가 자신처럼 네덜란드에 미술 유학을 가길 바랐지만, 애석하게도 하연은 지독한 비행기 공포증이 있었다. 아무리 진정제와 수면제, 발작 억제제를 먹어도 도통 들지 않을 정도로 심각한 수준이었다. 이건 저주였다. 그렇지만 태수는 강하게 나갔다. 딸의 비행기 공포증은 어떻게든 이겨내면 된다는 것이었다. 아니면 배를 타고서라도 가라는 것이 그의 주장이었다. 태수가 그럴 때마다 하연은 장난스럽게 씨익 웃어보이고 자신의 안락한 방에서 나올 생각을 하지 않았다. 일종의 단식 투쟁이었다.

태수는 화를 내는 대신 타협과 타협, 그리고 욕심을 내려놓고 또 내려놓아 제대로 입시를 해 4년제를 갈 것을 제안했다. 하연이 일주일 만에 방에서 나와 같이 식탁에 앉던 아침이었다. 그러나 하연은 보기 좋게 태수의 제안을, 노릇한 팬케이크가 잠겨 죽을 정도로 메이플 시럽을 붓는 것처럼 당연하게 거절했다. 그렇게 얼빠진 태수의 얼굴을 뒤로하고, 날이 좋던 열일곱 살 9월의 아침 식사 자리에서 하연은 촉촉한 팬케이크를 꿀덕꿀덕 삼켰다. 메이플 시럽이 목구멍에 칠해지며 팬케이크가 부드럽게 넘어갔다.

하연에게는 그것이 당연했다. 그녀에게 입시는 겉치레에 불과했기에 전혀 창의적이지 않은 입시 미술에 목을 매지 않았다. 그렇다고 제 아버지처럼 명예욕이 있는 것도 아니었다.

그럭저럭 학교를 졸업하고 화장품 회사에 비주얼 디렉터로 입사했다. 노력하지 않아도 타고난 재능은 숨길 수 없었다. 타고난 감각으로 척척 이벤트를 진행시키는 하연은 자기도 모르는 사이에 윗선에서 꽤 촉망받는 직원이 되어 있었다. 문제는 제주도 호텔에서 열린 새로운 스킨로션 라인의 프로모션 행사였다. 팀원 다 같이 제주도로 갈 채비를 하며 잔뜩 들떠 있었지만 하연은 혼자 차분했다. 모두가 비행기를 타고 가는데 하연은 배편을 알아보고 있었다. 그녀는 배편을 예약하다 말고 사직서를 썼다. 아니, 정확하게는 사무실 서랍에 넣어두었던 사직서를 꺼냈다. 사직서는 벌써 입사 1년 차에 미리 써둔 터였다.

애초에 출퇴근이라는 짧은 이동도 하연에게는 버거웠던 것 같았다. 일러스트 외주를 받는 프리랜서 생활을 어영부영 몇 년을 했다. 그중에는 유명 유튜버들의 섬네일 제작 문의도 꽤 있었다. 그러다가 하연은 아주 자연스럽게 뮤직 플레이리스트 채널을 개설했다.

비행기를 타지 못하니 여행도 가본 적 없는 하연은 이런 여행 욕구를 남들의 해외살이 브이로그를 보며 풀었다. 그리고 세계지도에 하나씩 메모지를 붙이며 그 도시의 특징과 거리의 모습을 묘사하며 적었다. 그리고 더욱 과몰입하기 위해 직접 그 도시에 어울리는 노래를 찾아들었다. 머릿속에는 오전에 봤던 브이로그 화면을 떠올리고, 눈으로는 세계지도에 선명히 그려진 도시의 좌표를 보며, 귀로는 완벽한 노이즈 캔슬링을 자랑하는 헤드셋에서 흘러나오는 그 도시를 연상케 하는 음악을 들으면서. 그녀는 몇 개월 동안 하루 중 절반을 그렇게 보냈다. 오늘 작업을 끝내고 파리 거리를 걸어볼까. 오늘 점심 먹고 여름 축제가 열리는 도쿄에 가볼까. 이런 실없는 말이 가능한 이유는 오직 음악이었다. 물론 뒤에 따라오는 말은 산통을 다 깼지만.

'몽환적인 파리 밤거리로 초대하는 더 1975의 Paris를 들어야지.'

'그렇다면 핀 애스큐의 Tokyo가 제격이겠다…….'

일차원적으로 도시 이름을 타이틀로 하는 노래뿐만이 아니었지만, 하연의 세계 여행 콘텐츠에 속한 플레이리스트의 첫 곡들은 대개 이런 식으로 도시 이름을 타이틀로 한 곡들이었다. 뭐든 처음이 가장 중요했기 때문에, 첫 곡만큼은 가장 직관적으로 그 도시를 표현해야 했다. 그래야 청자들이 아무런 거리낌 없이 초대장을 받아들고 그 도시로 떠날 채비를 할 수 있었다.

그녀가 플레이리스트 채널을 개설한 후 묵혀뒀던 재능을 표출해 감성 가득한 섬네일을 그렸다. 여행자 내지는 방랑자들만이 그릴 수 있다는 여행 스케치였다. 감각적인 터치와 파스텔톤 채색, 그리고 '도쿄의 심야식당, 미소 라멘의 맛을 떠올리게 하는 음악'이라는 늦은 밤 식(食)의 욕망을 돋우는 선정적인 플레이리스트 제목까지. 물론 이런 문구들은 대부분 브이로그에서 훔쳐온 것이 대부분이었다. 그들의 경험을 훔쳐다가 그녀는 음악으로 정제하고 기깔난 섬네일과 문구로 사람들의 클릭을 유도했다. 그러면 구독자들은 댓글에 일본에 갔던 여행 썰을 풀곤 했다. 그걸 밤새 읽고 답글을 다는 것이 그녀에게 또 다른 재미가 되었다. 사람들이 댓글로 남기는 도시에 대한 감상은, 하연이 세상과 소통할 수 있는 창구였다.

하지만 유튜브 뮤직 플레이리스트 채널은 '플레이리스트를 통한 제품 홍보' 광고가 들어오지 않는 이상 수익 창출이 불가했다. 아무리 조회수가 높아도 원저작자에게 수익이 돌아가는 투명한 구조였다. 그래서 하연은 아마도 뮤직 플레이리스트 유튜버 중에서 첫 번째 시도일, 아주 실험적인 콘텐츠를 만들었다.

'너만을 위한 플레이리스트.'

개인이든 단체든, 기업이든 그들이 원하는 무드에 딱 들어맞는 맞춤형 플레이리스트를 만들어 주는 것이다. 사운드클라우드, 스포티파이, 멜론, 지니, 벅스, 유튜브까지. 음악의 데이터가 지나치게 팽창하던 시대에 너만을 위한 플레이리스트는 지금, 내가, 딱, 듣고 싶은 노래를 찾는데 최소 1분에서 5분 이상 시간을 쏟는 것조차 아까운 바쁜 현대인들에게 딱 필요한 뮤직 큐레이팅 서비스였다.

자신을 위한 플레이리스트를 제작해 달라는 문의도 있었지만 보통 소중한 사람에게 선물한다는 사람들의 문의가 많았다. 예를 들면, 아이가 태어난 날을 기념하고 싶다는 부모들. 한 아이만을 위한 생일 축하 노래 메들리와 태교를 하며 많이 들었던 음악을 중간중간 섞었고, 아이에게 부모가 해주고 싶은 말을 쏙쏙 골라 푸짐하게 가사에 담은 음악을 마지막에 넣었다. 거기에 그 아이가 처음 웃던 날의 모습을 그린 섬네일까지. 완벽하게 그 아이만을 위한 뮤직 플레이리스트였다. 아마도 매년 생일마다 그 플레이리스트를 들을 것이고, 죽기 전에 듣고 싶은 음악이 있다면 그 플레이리스트 중 마지막 음악을 택할 것이다.

가끔은 오래된 연인들이 문의를 해오기도 했다. 보통은 남자였는데, 프러포즈를 할 때 뮤직 플레이리스트를 선물하고 싶다는 것이었다. 연인이 함께 듣곤 했던 음악들을 모았고, 거기에 앞으로 함께할 날들을 더 기대하게 만드는 하연의 센스 있는 선곡이 더해졌다. 연인마다 음악의 취향도 달랐는데, 스탠딩 에그나 페퍼톤스

혹은 검정 치마나 잔나비와 새 소년 혹은 박효신과 성시경. 이렇게 크게 세 가지로 장르를 구분할 수 있었다. 드문 경우였지만 미래의 신부가 청소년 시절부터 진득이 덕질을 해온 아이돌이 있는 경우에, 그 아이돌들의 수록곡 중 설렘과 청량미가 느껴지는 곡들을 골라 담았다. 무조건 수록곡이 첫 곡이어야 하며, 타이틀곡은 중간에 넣어주는 것이 포인트였다. 그러면 그 플레이리스트가 재생되자마자 그 여자는 '어머, 이 곡은 진짜 찐팬만 아는 숨겨진 명곡인데……'라면서 감동할 터였다.

문의 중에는 이런 탄생과 사랑의 기쁨만의 있진 않았다. 부모의 반대로 결국 각자 다른 사람과 결혼한 옛 연인이 자신들의 추억을 떠올리기 위해 '존재해서는 안 되는 플레이리스트'를 부탁해오기도 했다. 아버지의 임종을 앞두고, 당신의 인생 분기별로 가장 즐겨 듣던 음악을 정리해 플레이리스트를 만들어달라는 중년 아들의 후회 가득한 문의도 잦았다. 사람들의 인생곡을 만들어주는 것, 하연의 임무는 중대했다. 음악은 그 무엇보다 강하게 추억의 향수를 불러일으켰고, 시간이 쌓여 딱딱하게 굳은 마음도 몽글몽글하게 만들었다. 하연은 음악이 멜로디와 가사 안에 숨겨둔 진기한 힘을 믿었다.

[너만을 위한 플레이리스트 문의합니다.]

ID: 최강 미녀들

안녕하세요, 솜머 님. 평소에 플레이리스트 잘 듣고 있습니다. 생각만 하다가 이렇게 '너만을 위한 플레이리스트' 문의를 넣게 됐네요.

저희는 중학교 때부터 인생을 함께 해 온, 거의 35년 지기 친구들이에요. 미자, 윤희, 경애, 기녀, 규리(얘는 개명해서 지 혼자 이름이 세련됐어요). 그런데 얼마 전에 윤희가 혈액암으로 먼저 눈을 감았어요. 49살. 아직 가기엔 참 젊죠. 윤희를 오래도록 기억하고 싶어서, 윤희가 생각날 때마다 들을 수 있는 플레이리스트를 만들어 주셨으면 해요. 80~90년대 위주의 대중가요로요. 그리고 변진섭의 '새들처럼'은 꼭 넣어주세요. 윤희가 가장 좋아하던 곡이에요. 그때 윤희가 듣자고 할 때 한 번이라도 더 같이 들어줄 걸 후회가 드네요. 그때 윤희 혼자 남자친구가 없었거든요. 대학교 졸업하고 느지막이 첫 남자를 만나서 남편으로 맞이한 애라……. 다들 남자친구랑 놀기 바빠서 윤희를 등한시하던 때가 있었어요. 어쨌든, 지금 다시 들어도 그때 우리가 듣던 때 하고 세상이 다르니 영 같진 않겠지만 그래도 음악이 주는 위로가 저희한테 필요한 시기인 것 같아요.

섬네일 그리는 데 참고하시라고 우리 젊었을 적 사진을 보내요. 늙은 모습보다, 그때 우리의 모습을 기억하고 싶어요.
모쪼록, 잘 부탁드립니다.

하연은 밀린 메일함의 가장 위에 있는 메일을 읽었다. 첨부파일에는 다섯 명의 소녀가 나란히 앉아 같은 곳을 바라보는, 마치 항해가 시작되는 듯한 생동감 넘치는 사진이었다. 다만, 흐릿한 화질과 여기저기 번져 있는 빛. 그 탓에 누가 미자이고 누가 윤희인지 알 수 없어 불친절했다. 짧게 한숨을 쉬었다.

하연은 외국곡에 강했고, 한국 대중가요에는 약했다. 잘 모르는 시대의 음악을 수집할 때면, 차라리 새로운 곡을 하나 만드는 것이 더 쉽겠다고 생각될 때가 있었다. 노래를 수집하고 1시간 이내로 골라내고, 노래의 가사와 멜로디에 따라 기승전결을 구성해야 했다. 이건 생각보다 쉬운 일이 아니었다. 그리고 까다로운 섬네일 작업까지. 특히 플레이리스트는 무조건 1시간을 지켜야만 했다. 그 이상 길어지면 그 플레이리스트를 듣는 시간은 애도가 아닌 자책의 시간이 됐기 때문이다. 그리움도 마찬가지였다. 그 이상 길어지면 후회가 되었다. 기쁨도 길어지면 결국 쓸데없는 욕망으로 이어졌다.

우선 하연은 견적서와 비용 안내 파일을 보냈다. 다른

메일을 확인하려는데 스크롤이 끝없이 내려가 한숨이 절로 나왔다. 게다가 문의를 보낸 지 꽤 시간이 지난 것들이 많아 그 문의가 아직도 유효한지 일일이 확인해봐야 했다. 음악에 얽힌 세상 사람들의 아우성을 들은 후, 그녀는 이미 지친 채 제2의 자아인 솜머에 접속했다.

처음에 이백 명 남짓이었던 구독자가 삼십팔만 명으로 몸집이 커진 건 고작 3년 만의 일이었다. 게다가 구독자의 세 명 중 둘은 '너만을 위한 플레이리스트' 사업을 시작하고 1년 만에 폭발적으로 늘어난 수였다.

아니다. 이제 삼십사만 명이었다.

마지막 작업 이후 하연이 다시 컴퓨터 책상에 앉은 것은 거의 반년 만의 일이었다. 그새 사만 명의 구독자가 튕겨 나갔다니. 하연은 아쉬우면서도 어쩔 수 없는 것이라고 생각했다. 상희의 장례식 이후로 그녀는 아무것도 할 수 없었다. 말 그대로 아무것도.

"어, 올라왔다."

회사를 나오고 프리랜서 생활을 하며 혼잣말이 늘었다. 이틀 전 올라온 브이로그 하나. 하연이 구독한 수많은 여행 브이로거와 해외살이 브이로거 중 그녀가 업로드를 가장 기다리는 채널은 당연 '성렬이'였다. 구독자 오천 명에 채널 이름도 어딘지 모르게 구닥다리 느낌이었지만, 하연은 이렇게 신진 유튜버 발굴하기를 즐겼다. 오천 명이라는 사람이 성렬이를 알고 있었지만, 적어도 어느 아침 지하철 6호선 한 칸에 가득 찬 사람 중에서 그 사람의 유튜브 채널을 아는 건 나뿐일 거라는 정복감이 들기도 했다.

[오랜만의 일상 vlog]

제목은 언제나처럼 꾸밈없이 단출했다. 하연은 서둘러 영상을 클릭했다. 30초의 프리뷰가 끝나고 본편이 시작된다는 규칙을 지금까지 단 한 번도 어긴 적이 없었다. 반년 만에 올라온 이 영상도 마찬가지였다. 프리뷰는 1초의 오차도 없이 딱 30초간 이어졌고 익숙하게 그의 가슴이 화면에 가득 찼다. 앵글이 조금 더 위로 올라가서 얼굴이 보였으면 했지만, 하연은 그의 수줍음이 이해됐다. 그녀 자신도 얼굴 없는 유튜버였다.

— 지금 인천공항입니다. 연초를 한국에서 보내려고 돌아왔어요.

비행기에서 찍은 영상도 없이 바로 익숙한 인천공항 내부 음식점이 보였다—물론 하연에게 공항은 익숙하지 않았지만. 아마 정신이 없어서 출발부터는 못 찍었으리라.

그런데 한국이라니. 한국? 진짜 한국이라고?

"저 사람은 흐로닝언에 있어야 하는데."

하연은 헤드셋을 두 손으로 감싸 쥐었다. 그녀가 불안할 때 하는 행동이었는데, 한편으론 불안과 설렘을 잘 구분하지 못했다.

* * *

어김없이 목요일 저녁 7시 반이 되면 일산으로 향했다. 백석역 3번 출구에서 나와 두 블록 걸어가면 나오는 커다란 빌라 단지에는 골목 사이사이 작은 카페와 대체로 1인 셰프로 운영하는 양식집들이 자리하고 있었다. '낙천주의자들'도 그중 하나였다. 노란빛을 띠는 낡은 건물에 간판 대신 알폰스 무하의 그림체를 꽤 그럴싸하게 따라 한 양이 그려져 있었다. 좀체 어떻게 표현해야 할지 모를 자세였다. 앉아 있는 것 같았으며, 왼팔은 배꼽 부근에 올려두고 오른팔은 그것보다 위인 가슴에 올려두었다. 표정은 온화했다. 동물만의 긴 속눈썹이 눈알 위에 내려져 있었다. 주인장이 캘리그래피로 직접 쓴 듯 어설프게 '낙천주의자들'이 적혀 있었다. 그것만이 그 카페의 존재를 알려줬다. 찾는 사람만 찾았고, 건너편에 크게 자리한 병원의 입원 환자가 주 손님이었다.

다른 카페와 다르게 원목 의자가 아니라 안락의자와 소파가 많았다. 테이블은 네다섯 개 정도. 그 테이블이 가득 찬 것을 한 번도 본 적 없어서 이 카페가 어떻게 유지되고 있는지 궁금할 정도였다. 그리고 이 카페에는 또 다른 공간이 있었다. 카운터를 마주보는 미닫이문.

하연이 귀를 긁는 소리를 내는 문을 힘겹게 열자 독서 모임 사일런스 사람들이 하나둘 그녀를 쳐다봤다.

"어떻게 퇴근하고 온 나보다 늦게 와? 오늘도 지각이야."

이곳에서 '수'라고 불리는 태은은 비어 있는 자신의 옆자리를 손바닥으로 팡팡 쳤다. 와서 앉으라는 신호였다. 홈쇼핑 마케터로 일하는 태은이 누가 봐도 지친 표정이었다. 그런데도 꾸준히 독서 모임에 참석하는 것은 참으로 존경할 만했다.

"집이 머니까 봐줘."

하연은 뛰어오느라 잔뜩 커진 콧바람을 진정시키기 위해 주문한 딸기라테를 벌컥벌컥 마셔야 했다. 모임장 소희는 뭐라 변명을 덧붙이려는 하연에게 조용히 하라는 의미로 입에 검지를 갖다 댔다. 쉿. 입으로 바람 소리 하나 내지 않고 둘러앉은 여섯 명의 사람의 입을 닫게 만들었다. 길고 낮은 원목 테이블에 둘러앉아 이미 저마다 책을 읽고 있었다.

남자 셋, 여자 셋. 길벗, 조조, 낑깡, 소희, 수, 희희. '희희'가 하연이었다.

이곳에서는 가명을 썼다.

하연은 그날도 몇몇 소수의 독자만이 아는 여행 산문집을 하나를 손에 달랑 들고 갔다. 거추장스러운 핸드백이나 크로스백 심지어는 에코백도 필요하지 않았다. 한 시간 자유 독서 후 한 시간 동안 각자 읽은 책에 대해 감상을 나눴다. 하연은 오랜만에 일을 하느라 꽤 피곤한 탓에 꾸벅꾸벅 졸며 한 시간을 보냈다. 각자 감상을 나눌 때 하연은 할 말이 없어 머쓱했다. 길벗은 하연에게 은근 핀잔을 줬는데, 하연은 개의치 않았다. 소설 애호가인 길벗은 에세이를 즐겨 읽는 하연의 독서 취향을 언제나 무시했다.

하연은 상상의 말보다 현실의 말을 더 좋아했다. 진짜 그곳에 있는 것처럼, 마치 내가 경험한 것처럼 느끼게 해주는 묘사에 치중된 에세이만이 그녀에게 위로를 줬다. 길벗은 하연이 책에 대해 말할 때마다 그런 얕고 가벼운 글을 읽을 거면서 왜 굳이 독서 모임까지 나오냐는 투였다. 하지만 이곳을 사랑방쯤으로 여기며 애인을 만들기 위해 모임에 나오는 길벗보다는 적어도 자신이 이 모임에 들어온 이유가 더 맑았다. 그녀 역시 사랑 때문에 '낙천주의자들'을 찾긴 했지만, 이 사랑은 고귀했다. 왜냐하면 닿을 수 없기 때문이다.

성렬이 흐로닝언의 한 카페에 앉아서 책을 읽고 있었다. 그러니까, 영상 안에서. 화면은 책장을 넘기는 장면만이 이어졌지만, 자막으로 딴 이야기를 죽 늘어뜨리는 것이 성렬이 브이로그만의 매력이었다.

— 문득, 집 근처에 자주 가던 '낙천주의자들' 카페가 그립네요. 그곳에서 딸기라테를 마시면서 책을 읽곤 했거든요.

하연에게 말을 거는 듯한 구어체 자막.

하연은 그 카페를 찾기 시작했다. 전국에 '낙천주의자들' 이름을 단 가게는 단 세 개. 하나는 일산, 하나는 청주, 하나는 제주도. 모두 전화를 해서 딸기라테를 파는지 물어봤다. 그러면서 일산과 제주도의 가게가 같은 사장님이 운영한다는 사실을 알았는데, 제주도는 카페가 아니라 게스트하우스였다. 청주에는 딸기라테는 없었고 말차라테가 있었다. 그렇게 일산 '낙천주의자들' 카페를 찾았다. 미적 감각이 좋은 주인은 아닌 것 같았지만, 마니악한 분위기가 있었다. 하연은 메뉴판을 보지도 않고 딸기라테를 주문했다. 주인은 전화를 건 여자가 하연인 것을 어느 정도 눈치챘을 것이다.

그리고 계산대와 마주보고 있는 방. 하연은 미닫이문

너머로 보이는 노란 조명을 보게 됐다.

"저기도 이용할 수 있는 방인가요?"

"아, 저기는 오늘 독서 모임에서 대관을 해서 사용할 수 없으세요. 매주 목요일 저녁 7시 반부터 시작하는데, 마침 오늘이 목요일이네요. 다른 요일에는 이용 가능하세요. 대신 둘러앉는 긴 테이블이라, 네 명 이상 단체 손님이 이용 가능하고요."

하연은 주인의 설명을 들으며 미닫이문을 계속 쳐다봤다. 모임을 한다기에는 말소리 하나 새어나오지 않았다. 고요했다. 독서 모임을 소개하는 홍보지에 적힌 카톡 아이디를 외웠다. 나중에 성렬이 딱 한 번 라이브 방송을 한 적이 있었는데, 솜머로 변신한 하연은 성렬에게 '사일런스' 독서 모임을 아느냐고 물었다. 그랬더니만 성렬은 무척 수줍어하며 그렇다고 했다. 그리고 성렬은 정말 솜머 채널의 솜머 님이 맞냐고 재차 물었다. 그렇게 둘은 서로가 서로의 구독자임을 알게 되었다.

독서 모임에 출석하게 된 것은 성렬에 대한 실마리를 찾고 싶은 마음이 가장 컸다. 그리고 이렇게 혼자 일하고 혼자 쉬고 혼자 먹다 사람과 이야기하는 방법을 까먹고 사회에 도태될 것만 같은 두려움이 있었던 것도 어느 정도 사실이었다.

모임이 끝나고 길벗의 험담을 위해 하연과 태은과 백석역 근처 전집으로 갔다. 최근 길벗이 태은에게 개인톡을 보내기 시작했으며, 태은은 궁금하지도 않던 그의 본명을 알게 되어 잔뜩 화가 났던 참이었다. 막걸리 한 병을 비우자 길벗에 대한 분노는 삼십 대의 애달픈 사랑이라는 주제로 넘어갔고, 하연에게 사랑은 성렬로 자동 번역되는 단어였다.

"그래서 그 사람한테 연락을 해보겠다고?"

"응."

"말이 된다고 생각해? 너 그 사람에 대해 아는 거 하나도 없잖아. 여기 독서 모임에서도 수확이 전혀 없었고, 심지어 영상에 가슴께까지만 보여주고 얼굴은 자르잖아. 그 사람이 어떻게 생겼을 줄 알고 만나? 그냥 아이돌 좋아하듯 환상으로 남겨두는 게 좋을지도 몰라. 내가 봤을 땐 전형적으로 얼굴에 자신 없는 사람일 거야."

"아니야. 어쩌면 내가 그 사람에 대해 본인보다 더 많이 알걸? 나는 그 사람이 토요일 아침마다 점보 마트에 가서 세 개에 1유로 하는 크로와상을 사는 것도 알아. 빵을 집을 때 왼손으로 집게를 독특하게 잡는다는 것도, 빵을 '집는' 게 아닌 '캐는' 거라고 표현하는 말버릇까지. 그리고 매년 4월이면 우박이 내리는 하늘을 꼭 찍는 것도. 공원에 가서 단골 가게의 반미 샌드위치를 먹을 때 깔던 돗자리의 패턴도. 5월만 되면 그가 사는 집 창문으로 보이는 열기구를 타임랩스로 찍는 것도 알아. 그리고 12월 31일에서 1월 1일로 넘어가는 날, 창밖에 보이는 불꽃놀이를 몰래 즐긴다는 것도. 전부 다."

"으……. 너는 가끔 보면 소름 돋아. 그런 것도 다 기억한다니. 내가 너 같은 사람 있을까 봐 브이로그 못한다니까."

"넌 바빠서 못하는 거고. 진정으로 좋아하는데 닿을 방법이 없으니까 영상을 보고 또 보는 방법밖에 없는 걸. 나는 그 사람을 정말, 많이, 지구에서 가장 사랑하는 것 같아."

취기가 코끝까지 올랐을 때 뱉은 말이었지만 거짓은 없었다. 하연은 채널 정보에 SNS 주소도 걸어놓지 않은 성렬에게 어떻게 접근해야 할지 고민하며 집으로 가는 막차를 탔다.

그러나 그럴 필요가 없었다. 그 밤, 하연이 지구에서 가장 사랑하는 성렬이 그녀에게 먼저 연락했다. 어떠한 시차의 극복도 필요 없는 한국에서 한국으로 보낸 메시지였다.

* * *

막걸리가 선물한 두통을 이겨내고 겨우 컴퓨터 앞에 앉은 하연은 습관처럼 메일함부터 들어갔다. 고작 반년 쉬었다고 해서 습관이 사라지진 않았다. 단체 문자에 대한 답신이 몇 개. 그리고 새로 온 메일이 하나. 그건 성렬이 보낸 메일이었다.

[안녕하세요. 브이로거 성렬이입니다.]

안녕하세요. 브이로거 성렬이입니다. 사실 이렇게 유튜버로 제 소개를 하는 것이 부끄러운데, 솜머 님이 저번에 제 라이브 방송에 들어오셨던 것이 기억나서요.

솜머 님은 정작 기억하실지 모르겠네요. 제가 좋아하는 유튜버가 제 구독자라니, 아직도 신기합니다.

사실 연락을 드린 이유는 너만을 위한 플레이리스트를 신청하고 싶기 때문입니다.

그런데 어디서부터 시작해야 할지. 감이 잘 잡히지 않네요.

혹시 다른 분들은 어떤 식으로 신청했는지 예시를 받아볼 수 있을까요?

그러면 다시 제 이야기를 정리해서 보내드리겠습니다.

하연은 입을 틀어막았다. 어쩌면 그는 8시간의 시차를 뚫고 자신을 만나기 위해 한국에 온 것이 아닐까, 하는 사춘기 소녀 같은 상상을 하며, 비용 발생 안내장을 보내주는 대신 아주 간결하게 답을 적어 보냈다.

'괜찮으시다면 만나서 이야기하는 건 어떨까요.'

* * *

이건 명백한 비즈니스적 미팅이었다. 그에게 가장 알맞은 플레이리스트를 선물하기 위한 투철한 직업 정신의 발현이었다. 연희동의 작은 카페에서 성렬을 기다리며 하연은 몇 번이고 거울을 봤다. 이건 기적이야. 서로가 서로를 봐주고 있었다니. 들뜬 마음이 좀처럼 가라앉지 않았지만, 계속 되뇌었다. 그에 대해 너무 많은 것을 알고 있다는 사실이 티 나지 않게 자제해야 했다.

밤색 코듀로이 점퍼. 단번에 성렬을 알아볼 수 있었다. 그가 겨울방학에도 연구실에 출근해야 한다며 불평을 할 때 자주 입던 옷이었다. 그리고 처음 보는 성렬의 얼굴. 깨끗한 피부에 여우 같은 눈. 짧은 코와 바로 맞닿아 떨어지는 두꺼운 입술이 정말이지 귀여웠다. 특히 도톰하고 입체적인 인중 때문인지, 그는 천진해 보이기까지 했다.

하연은 혹시라도 걸쭉한 가래가 목구멍을 가로막아 듣기 싫은 목소리가 나올까 봐 조심했다. 꼴딱꼴딱 계속 침을 삼켜야 했다. 하연은 한시도 그에게 눈을 뗄 수 없었지만 아주 프로페셔널하게 뮤직 큐레이션 서비스 이용 방법을 안내했다. 그의 목소리는 영상보다 더 굵었는데, 그의 한마디 한마디가 하연의 가슴을 지나치게 떨리게 했다.

"그렇다면 어느 정도 제 이야기를 들려드려야 하는 거네요. 저는 저를 위해 플레이리스트를 만드는 게 아니에요. 다른 사람을 위해서인데……. 이름은 말하지 않아도 되나요?"

"그럼요."

"우선, 저는 네덜란드 흐로닝언에서 학교를 다니고 있어요."

"알아요. 흐로닝언 대학교 항공학 박사과정을 밟고 계시죠. 올해가 마지막 학기고요."

내적 반가움에 하연도 모르게 아는 척을 해버렸다.

"저에 대해 꽤 아시네요! 하긴, 제 구독자셨죠. 한국에서 구독자를 만난 건 처음이라서 더 떨리네요."

"사실 구독자가 오십 명일 때부터 봤어요. 알고리즘

덕분에요. 저희 아버지가 흐로닝언 미네르바 아트 아카데미에서 유학을 하셨거든요. 기억나진 않지만, 저도 여덟 살 때까지 흐로닝언에서 살았고요. 그래서인지 성렬 씨의 영상은 이상하게 더 끌리고 사랑스럽더라고요. 원래도 해외에 사는 사람들의 브이로그를 좋아했지만, 성렬 씨가 그 도시를 보는 시선이 저와 닮아 있다고 생각해서 더 그런 것 같아요."

하연은 자신의 마음을 말했다. 단어 하나만 바꾸면 거의 고백과도 마찬가지였다.

그녀가 성렬의 브이로그를 보게 된 것은 순전히 알고리즘의 영향이었다. 그러나 '우연'치고 성렬은 하연에게 운명처럼 다가왔다.

성렬은 항공학을 전공했고 하이퍼루프에 관심이 많았다. 비행기를 타지 못하는 사람도 자유롭고 빠르게 이 나라 저 나라로 움직일 수 있는 새로운 교통수단을 만들겠다며 연구실에서 밤을 새우곤 했다. 그런 그를 보고 하연은 사랑에 빠질 수밖에 없었다. 그는 하연의 모든 공포를 이해해줄 것 같았다. 그리고 자신을 그 작은 '기내'에서 벗어나게 할 수 있을 것 같았다.

그러나 그날 이름도 기억나지 않는 연희동의 작은 카페에서 하연은 그에 대해 너무 많은 것을 알게 되었다.

우선 그는 당연하게 하연을 보러 온 것이 아니라, 얼마 전 제출한 하이퍼루프 관련 논문이 네이처 자매지에 게재된 것을 축하하기 위해 한국으로 잠깐 돌아온 것이었다. 이것 말고도 그녀가 알지 못했던 진실은 시작에 불과했다.

성렬은 우연을 가장한 운명 같은 만남으로 그녀를 알게 됐다. 유튜브를 시작했던 3년 전, 흐로닝언에서 '그녀'와 동거를 시작했다. 부끄러움이 많아 영상에 나오지 않았지만 무척 사랑스러운 사람이었고, 모든 것을 바칠 수 있을 정도로 존경스러운 사람이었다. 그녀 또한 성렬을 위해 한국에서의 커리어를 모두 버리고 네덜란드로 와 전업주부를 자처했을 정도였다.

그녀의 생일이 있던 여름, 언제나 한국을 그리워하던 그녀를 위해 성렬이 하이퍼루프 연구에 매진하던 때였다. 그녀는 올해만큼은 생일을 가족과 보내고 싶다고 했다. 성렬은 한국에서 행복한 시간을 보내고 있던 그녀를 지나치게 그리워하다가 병이 날 정도였다. 그래서 서프라이즈로 암스테르담행 비행기 표를 그녀에게 선물했다. 그녀가 한국에 간 지 한 달째 되던 날이었다. 그녀는 고마움과 미안함 그리고 아쉬움을 표하며 애매하게 웃어보였다.

그리고 그 비행기는 알 수 없는 좌표로 추락했고 그녀는 죽었다. 성렬의 브이로그가 업로드되지 않기 시작했던 반년 전 이야기다.

"그 친구를 위해서 플레이리스트를 만들고 싶어요. 같이 솜머 님 채널 음악을 자주 들었거든요. 솜머 님이 추천해주는 음악이라면, 뭐든 좋을 것 같아요."

"끝인가요?"

하연은 정수리에서 오른쪽 아래로 치우쳐진, 움푹 들어간 부분을 매만지며 물었다. 여덟 살, 흐로닝언에서 한국으로 돌아올 때 비행기 공포증으로 발작을 일으켜 버둥거리다가 의자에 찍혀 피부가 꺼진 흔적이었다. 피부는 영영 차오르지 않을 것 같았다.

"혹시 여자친구분이 타셨다는 비행기 기종이나 등록 번호, 아니 며칠 몇 시였는지 알려주실 수 있으세요?"

"그건 왜……. 기종과 번호는 모르지만 8월 3일 새벽 5시 비행기였어요."

하연은 이야기를 들어줘야하는 입장이었지만, 그만 자신의 이야기를 시작하고 말았다.

그녀는 비행기 공포증을 앓는 사람들이 모인 인터넷 카페에서 상희를 알게 되었다. 당시에 그녀보다 여섯 살이 어리던 상희는 고작 스물다섯이었다. 둘은 서로를 끔찍이 이해했다. 선척적으로 기인한 상희의 공포도. 얼굴도 모르는 태수의 첫째 아내가 앓던 비행기 공포증을 뜬금없이 닮아버린 하연의 공포도.

둘은 이 공포에서 벗어나기 위해 몸부림쳤고 함께 흐로닝언행 비행기를 예약했다. 8월 3일 새벽 5시 비행기였다. 하연은 도망쳤다. 그러나 이상하게도 도망치지 않은 상희가 죽었다. 비행기가 하늘에서 고꾸라졌다. 솜머의 플레이리스트가 업로드되지 않기 시작했던 반년 전 이야기다.

성렬은 영상으로 거짓말을 한 적이 없었다. 단지, 보여주지 않았을 뿐. 말하지 않았을 뿐. 그래서 하연은 그 누구의 탓도 할 수 없었다. 곧이곧대로 영상을 믿은 자신이 멍청했다고 자책하는 수밖에 없었다. 둘은 너무 많은 진실을 알게 되었고 혼란스러워하며 헤어졌다.

하연은 더 이상 성렬에 대해 많은 것을 안다고 자신할 수 없게 되었다. 성렬은 더 이상 우연과 운명에 대해 토론할 수 없었다. 둘은 심장이 이런 이유로도 빨리 뛸 수 있다는 사실을 알게 되었다. 아주 빠르지만 모든 것이 속임수라는 듯, 천천히 멈춰가는 것 같은 묘한 속도였다.

* * *

그들이 다시 만난 건 고작 이틀만의 일이었다. 하연은 아직 상실에서 벗어나지 못했지만, 플레이리스트를 만들어주겠다고 했다. 대신 지금껏 받았던 문의 중 가장 공력이 드는 만큼 성렬과 같이 지내며 플레이리스트의 영감을 얻어야겠다고 했다. 하연은 짙은 상실의 와중에서도 그를 사랑하지 않던 때로 돌아갈 수 없었다.

"과학적으로 증명해주세요. 제가 왜 공포를 느끼는지."

성렬은 하연이 이름도 모르는 여자가 앓던 공포증을 물려받았다는 이야기를 막 들은 참이었다.

"저도 의학은 잘 몰라서요. 혐기증은 생각보다 만연한데 정도의 차이가 있을 뿐이에요."

"사람이 참지 못할 정도의 공포를 느끼는 고도가 따로 있기라도 한 건가요? 하이퍼루프라면 괜찮을까요? 그러면 언제쯤 상용화되나요? 그 논문은 어떤 내용이었는데요?"

하연은 그에게 몰아붙이듯 질문을 퍼부었다. 그렇지만 그는 하연이 원하는 답을 내줄 수 없었다. 고작 하이퍼루프의 원리를 설명해주었지만, 하연이 그걸 이해할 수 없었다. 그들은 과학적 이유로 하연의 병을 증명하는 걸 포기했다. 그 뒤로 현대 과학이 왜 아직도 이런 공포증 하나 해결 못 하는지에 관한 토론까지 한 차례 하고 나자, 둘은 힘이 쭉 빠졌다. 하연은 조용히 커피를 마시며 속에서 뻗대는 열을 삭여야 했다.

"저는 평생 여기 한국에 머무르겠죠. 단 한 발자국도 못 내밀고 영원히."

그녀가 비관적인 말을 너무나 아무렇지 않게 말해서 성렬은 조금 놀랐다.

"우리 놀이동산 갈래요? 플레이리스트 때문에 어차피 같이 있어야 한다면 공포증 극복하는 거 도와줄게요."

자유이용권. 성렬은 이것이 비행기 표인 마냥 손에 꽉 쥐고 입국심사원, 아니 직원에게 보여줬다. 공중에 있는 기내를 간접 체험하자면서 롤러코스터, 자이로드롭, 자이로스윙, 아틀란티스, 바이킹, 관람차를 탔다. 그리고 공포증 극복과 무관한 회전목마, 후룸라이드, 신밧드의 모험, 후렌치 레볼루션도 탔다. 마지막은 실내 열기구였다.

하연은 4월이면 온종일 흐로닝언에 떠오른다는 열기구에 대해 이야기를 하려다가 입을 다물었다. 그걸 찍던 카메라 뒤에는 '그녀'가 있었을 테니. 그가 토요일 아침에 크로와상을 사러 마트에 갔을 때도 왼손에는 그녀의 손을 잡고 있었을 것이다. 단골 반미 집에서는 언제나 2인분을 샀을 것이다. 초록색과 노란색 패턴의 돗자리도 그녀의 취향이었을 것이다. 그 조용한 네덜란드인이 유일하게 집을 뛰쳐나와 불꽃놀이를 즐긴다는 해의 마지막 날과 새해. 성렬 옆에는 그녀가 누워 있던 것이다. 내년에도 함께 행복하자고, 손을 꼭 잡고 함께 기도하면서.

둘은 계속 높은 곳으로 갔다. 밤에는 서울 야경이 다 내려다보이는 서울타워에 올랐다. 하루는 4D 체험장에 가서 '비행기 안에서 발생한 좀비 바이러스!' 같은 서바이벌 게임을 했다. 단양에 가서 패러글라이딩도 했다. 하연은 아무런 두려움 없이 발돋움을 하고 뛰어내렸다. 그녀는 뛰어내리면서 상희를 생각했다. 그러니 뛰어내리는 것이 무섭지 않았다. 먼저 내려온 성렬이 하연을 향해 곧 울 것 같은 표정을 하고 뛰어왔다.

"그렇게 아무 두려움 없이 뛰어내리니까 오히려 제가 무서워요. 극복이 아니라 포기한 거 같으니까, 나를 위해서라도 그러지 말아요."

성렬이 하연의 보호 장치를 풀어주며 말했다. 덤덤하게 웃어보였지만, 웃음의 한 겹 아래에 누구를 생각하고 있는지 하연은 알 수 있었다. 공중에서 흩어진 얼굴들이, 눈덩이처럼 뭉쳐져 다시 선명하게 보였다.

* * *

성렬은 하연의 유튜브 운영을 도왔다. 그는 한국의 옛 대중가요 노래에 강했고, 덕분에 하연은 아이디 '최강미녀들'이 만족할 만한 플레이리스트를 완성할 수 있었다. 구독자가 눈에 띄게 늘지 않았지만 솜머 채널에는 저마다 사연을 가진 댓글이 다시 많이 달리며 활성화되기 시작했다.

성렬은 하연과 이곳저곳을 돌아다니며 한국 브이로그를 열심히 올렸고 구독자가 천 명이 늘었다. 여전히 얼굴을 찍지 않았고 함께 하는 사람이 누구든 영상에 나오지 않았다.

그 영상에서는 성렬이만 등장했고, 오직 성렬의 이야기만이 담겼다. 하연은 도무지 틈이 보이지 않는 그를 보며 그녀가 성렬 옆에서 느꼈을 감정을 쉽게 떠올릴 수 있었다. 만약, 그때 하연이 비행기를 탔고 그녀를 만났다면 외로움에 대해 이야기할 수 있는 친구가 됐을지도 몰랐다. 하연은 얼굴도 모르는 그녀에게서 왜인지 모르게 친근함을 느꼈다.

성렬의 출국이 일주일 정도 남았을 때, 둘은 하늘과 바다가 닮았다며 동해를 보러 주문진에 갔다. 이쯤 되니 성렬은 그저 그동안 그리웠던 한국의 모습을 꾸역꾸역 눈에 담기 위해 하연을 이용하는 것 같았고, 하연 역시 성렬과 조금이라도 더 같이 있고 싶어서 비즈니스를 이용하는 것 같았다. 그렇게 보이기만 할 뿐, 둘 다 명확하게 이 상황을 어떻게 표현해야 할지 답을 찾지 못했다.

목 끝까지 바다가 차올라도 편안할 것 같은데, 그와 닮은 하늘은 왜 그렇지 않은지 하연은 잠시 생각에 잠겼다. 성렬은 그런 그녀를 기다려줬다.

여기까지 온 김에 하연은 고성에 있는 태수에게 인사라도 하고 싶다고 했다. 성렬은 흔쾌히 운전대를 틀었다. 상희의 죽음 이후로 처음 태수를 만나는 것이었다. 그때 하연은 잔뜩 망가져 있었다. 그렇게 몸을 망쳐가며 끝까지 장례식을 지키던 하연에게 태수는 그녀가 어떤 친구냐고 물었고, '인터넷 카페에서 알게 된 친구'라고 하연은 답했다. 상상력을 자극하는 답에, 태수는 딸이 뉴스에 종종 나오는 소위 자살 카페에서 활동하는 줄 알았다. 태수는 처음으로 하연에게 제대로 화를 냈다. 하연은 아무런 해명도 하지 않았다. 실제로 하연과 상희는 죽음에 대해 꽤 많은 대화를 했기 때문이다.

고성에서 아트 뮤지엄과 카페를 운영하며 간간이 지역 대학교에 강의를 나가는 태수는 언제나 똑같은 얼굴이었다. 자신이 그린 만화 캐릭터처럼 영영 늙지 않을 것 같은, 펜화로 그린 듯한 굵고 발랄한 얼굴. 따뜻한 코코아를 홀짝이며 성렬은 태수의 그림을 구경했다. 하연은 그 그림체가 지겨워서 가만히 앉아 있었다.

"나랑 전시 한 번 해야 하지 않겠니."

"저는 이름 없는 작가라, 글쎄요."

태수가 언제나 말하는 것이었다. 그는 아침 식사 자리에서 '하인두과 하태임' 같은 부녀 화가의 이야기를 잼통을 꺼내듯 꺼내곤 했다. 그렇지만 유튜브 세계에서라면 모를까, 현실에서 태수에 비해 하연의 명성은 0이었다. 아버지를 따라 프랑스에서 유학까지 마친 하태임 화가의 커리어를 따라가기엔 늦어도 너무 늦었다.

"늦지 않았어, 유학 안 가도 개인 작품 활동만으로 충분히 유명세 탈 수 있는 시대잖니. 아버지 이름 뒤에 업고 하면 돼."

"싫어. 나 곧 흐로닝언에 갈 거야."

얼빠진 태수의 표정. 정말 만화 캐릭터 표정 같다니까. 하연은 태수의 그 표정이 보고 싶어서 더 격렬하게 그의 말을 무시하고 제멋대로 구는지도 몰랐다. 그리고 태수와 같이 얼이 빠진 성렬.

"배 타고 가게?"

"에이, 비행기 타야지."

태수는 여덟 살짜리 딸이 일으키던 발작을, 생생히 기억했다.

비행기 공포증으로 자신을 보러 단 한 번도 흐로닝언에 오지 못했던 매정한 첫째 부인과 이혼하고 진정한 뮤즈가 되어준 두 번째 부인. 태수는 인애와 새로운 삶을 시작했다. 그는 제2의 '이중섭과 이남덕 여사'를 꿈꿨다. 인터뷰를 한 기자에게 곧이곧대로 제2의 이중섭과 이남덕으로 헤드라인을 써달라 부탁한 덕에 미술계에서는 그렇게 불렸던 것 같다. 그런데 그 딸이, 자신보다 재능 넘치는 딸 하연이 비행기 공포증이 있을 줄이야. 태수는 낙담했다. 한평생 한국에서 좁은 시야로 살아가던 그 답답하던 첫째 부인이 생각났다. 융통성 없는 여자라고 친구들에게 욕을 퍼부었는데, 자신의 하나뿐인 딸이 불치병이라면 불치병인 그 병에 걸리다니. 태수는 첫 번째 부인의 저주라고 생각하기도 했다. 하연을 볼 때마다, 그 여자의 얼굴이 자꾸 겹쳐 보였다. 피 한 방울 섞이지 않은 둘인데도, 쌍꺼풀 없이 선한 눈이 그렇게 닮아 있었다.

"이제라도 유학 가는 거라면 나는 지원해줄 자신 있다."

"유학은 모르겠지만, 일단 가보려고. 저 사람이랑."

노발대발하는 태수를 뒤로하고, 하연은 의아함에 아직도 얼이 빠진 성렬을 대신해 거칠게 운전대를 잡고 서울로 향했다. 1월의 동해는 아무래도 지나치게 추웠다.

* * *

성렬과 함께할 때마다 노래가 하나씩 쌓이더니, 금방 그만을 위한 플레이리스트가 완성되었다. 마지막으로 섬네일을 남겨두고 하연은 성렬에게 마지막으로 '비즈니스 미팅'을 신청했다. 백석역 '낙천주의자들' 카페에서 만난 성렬은 처음과 마찬가지로 밤색 코듀로이 점퍼를 입고 있었다.

먼저 도착한 하연이 미리 그의 것까지 딸기라테를 시켜놓았다. 고성 이후로 하연이 그에게 발언에 대한 설명을 해주지 않았기 때문에 둘 사이에는 왠지 모를 어색함이 흘렀다. 같이 이곳저곳을 싸돌아다니며 놀았던 기억을 싹 잊은 것처럼 결국 원점이었다.

"섬네일을 어떻게 그릴까 고민되더라고요. 보통 그 사람 얼굴이나, 그 사람과 함께한 풍경을 그려요."

성렬은 하연이 내뱉은 첫마디가 상당히 마음에 안 든다는 눈치였다. 그녀의 말에 답하지도 않고 먼저 그의 궁금증부터 내뱉었다.

"그런데 왜 흐로닝언이에요? 옛날에 살았다는 것만으로는 동기가 부족한 것 같아서요. 아직 가보지 못한 나라도 많을 텐데."

"어렸을 때 학교 가기 싫어질 때마다 반에 좋아하는 남자애를 일부러 한 명씩 만들었어요. 그리고 그 애의 장점을 찾기 위해 열심히 관찰했어요. 내가 좋아할 만한 구석을 샅샅이 뒤졌고, 그러다 보면 진짜로 그 애를 좋아한다는 착각에 빠질 수 있었었어. 진짜 좋아했는지도 모르고요. 걔를 보기 위해서라도 학교를 빠지지 않고 나갔어요. 그거랑 똑같아요. 살기 싫어질 때마다 좋아하는 도시를 떠올리면 다음 날 꽤 경쾌하게 눈을 뜰 수 있거든요."

"저랑 같이 흐로닝언에 간다는 건 무슨 말이에요?"

"말 그대로 저도 같은 날 출국할 거예요. 따라가는 거 아니고 성렬 씨는 다시 학업을 잇기 위해, 저는 관광……하러?"

"아버님 앞에서 그렇게 앞뒤 맥락 없이 말하면 어떡해요. 모두가 곤란했다고요."

"……섬네일은요?"

성렬은 고민하듯이 잠시 딸기라테를 마셨다. 딸기 철

이 아니라 냉동으로 바뀐 것인지 달지 않고 시기만 했다.

"마음대로 해주세요. 실력 믿으니까요."

하연은 성렬을 앞에 두고 그림을 그리기 시작했다. 성렬은 지난 한 달을 정리하는 듯 멍을 때렸다. 흐로닝언에서도 계속 얼굴을 볼 수 있을지 확신이 들지 않는 그를 두고, 하연은 질문을 이어갔다. 눈을 마주칠 자신이 없어 그의 움푹 파인, 남들보다 짧은 인중을 봤다.

"네덜란드 사람들은 한 해의 마지막 날과 새해 첫날에 집 밖으로 뛰쳐나와서 모두 불꽃놀이에 미친다는 게 사실이에요?"

"그럼요. 영상 그대로예요. 아니 더해요. 다 찍지 않았지만, 아침까지 불꽃이 이어져요. 네덜란드 사람들은 대개 조용한데, 그날만큼은 모두가 생일이고 핼러윈이고 크리스마스예요."

브이로그에서 본 풍경이 진실인지 묻는 것이 많았다. 더 이상 한 톨의 거짓, 혹은 그저 몰랐던 사실도 남기도 남길 수 없었다.

"여기 독서 모임 아직도 하나요?"

멍을 때리던 성렬의 시선이 사일런스 독서 모임 홍보지에 닿았다.

"네."

"추억이네요. 대학원 진학하기 전에 일산에서 건설기술연구원을 잠깐 다녔는데 그때 우연히 독서 모임에 다니기 시작했거든요. 여기에서 그 친구도 처음 만난 거고요."

그림 그리는 것을 멈췄다. 하연은 성렬이 아니라, 성렬과 그의 애인의 과거를 쫓고 있던 걸까.

"별명이 뭐였어요?"

"성렬이요."

하연은 이제야 성렬을 똑바로 바라봤다.

"그 친구, 별명이 성렬이었다고요. 웃기죠, 남자 같은 이름을 쓰고 싶었데요."

하연은 성렬에 대해 아는 것이 아무것도 없었다. 그의 이름까지 알지 못했다. 하연은 그동안 서로가 서로를 어떻게 불렀는지 떠올렸다. 하연은 그를 성렬, 그러니까 죽은 여자친구의 이름으로 불러왔다. 성렬은, 그러니까 이름을 알 수 없는 흐로닝언에서 온 이 남자는 하연을 저기, 솜머 님이라고 불러왔다. 그녀 자신도 상희의 이름을 따서 별명을 지었다.

왜 우리는 사랑했던 사람들의 흔적을 남기고 싶어하는 걸까. 그들을 불렀던 단어까지 잊어버리면 안 될 것 같아서. 아니면, 한때 내 곁에 이런 사람이 있었다는 것을 잊지 않기 위해서인 걸까. 하연은 다시 그림을 그리기 시작했다. 그녀는 아무것도 알 수 없음에도 여전히 그를 사랑할 수밖에 없었다.

"완성됐어요?"

"네. 출국 당일 아침에 채널에 업데이트되도록 예약해놨어요. 비행기에서 들어요."

섬네일은 푸른 하늘과 더 푸른 바다가 맞닿아있는 풍경이었다. 보통 인물이 등장하는 '너만을 위한 플레이리스트'에서는 볼 수 없는 섬네일이었다. 게다가 펜화가 아닌 번지는 듯한 수채화였다. 바다가 하늘로 번지는 것 같았다.

* * *

인천공항에서 다시 만난 성렬은 하연이 긴장하고 있음을 알 수 있었다. 하연은 전날 정신과에서 수면제와 안정제를 잔뜩 처방받았으며, 발작이 일어날 경우 어떻게 해야 하는지 성렬에게 가이드라인이 적힌 종이를 주었다. 하연이 늦게 예약한 탓에 둘의 자리는 떨어져 있었지만 멀지 않았다.

게이트 앞에서 하연은 기체를 보며 말했다.

"비행기가 마치 경유지라는 생각이 들어요. 하나의 도시처럼요."

"공중 기행(紀行)이네요. 그러니까 우리 무슨 일이 있더라도 그곳에 도착하지도 못했다고 안타까워하지 말아요. 우리는 이미 첫 번째 도시인 공중에 닿았으니까."

"제가 흐로닝언에 안전하게 도착하면 그때는 진짜 이름 알려줘요."

"안전하게 도착할 거예요. 그때는 저한테도 이름 알려주세요."

그렇게 각자 자리에 앉았다. 엔진 소리에 귀가 먹먹해지고, 서서히 비행기가 공중으로 떠올리는 것이 느껴졌다.

바다가 하늘로 범람한 건지, 그날의 비행은 편안했다. 하연은 수면제에 의존해 깊은 잠에 빠졌고, 눈을 뜨니 암스테르담이었다. 열두 시간의 비행은 아무것도 아니었다.

"괜찮아요? 나예요."

"그렇게 말하면 어떻게 알아요."

"나는 도혁이에요."

"저는 하연이에요."

"플레이리스트, 완벽하게 맘에 들어요. 특히 여섯 번째 곡과 일곱 번째 곡의 이음새요. 이미지너리 퓨처의

All my love에 이어서 알렉시 머독의 Orange Sky가 나오는데, 환상적이었어요."

"저도 그 두 곡이 성렬 씨, 그녀와 가장 닮았다고 생각했어요."

어쩌면 그 플레이리스트는 그의 전 여자친구인 성렬이 아니라, 도혁을 위한 것일지도 몰랐다. 하연은 이 지긋지긋한 공포증이 언제 사라진 건지 생각해봤다. 도혁을 처음 만났을 때, 아니 함께 롤러코스터를 탔을 때, 아니 패러글라이딩을 했을 때, 아니 같이 바다를 봤을 때……. 그것도 아니라면 그의 이름을 알았을 때.

정확한 시점은 중요하지 않았다. 지금, 둘은 같은 음악을 들으며 손을 맞잡고 있었다. 접촉된 면적이 너무나 뜨거워서, 그들에게 네덜란드의 겨울 추위와 우박 따위는 아무것도 아니게 됐다. 하연의 머릿속에서는 도혁만을 위한 노래가 자꾸만 퐁퐁 솟아올랐다.

작가의 말

3년 전, 스무 살. 프라하행 왕복 티켓이 사십팔만 원이었고, 저는 고민 없이 비행기에 올랐습니다. 뜻을 알 수 없지만 경쾌한 리듬감을 가진 낯선 언어, 입맛을 돋게 했던 자극적인 음식, 밤마다 아롱거리던 야경, 저마다 다른 이야기를 품고 떠나온 사람들. 언제나 나와 다른 삶을 사는 타인의 삶을 궁금해했던 저는, 여행을 통해 타인의 일상에 비집고 들어가 한 줌에 잡힐 만큼 가벼운 한숨을 쉬었습니다.

한 달 동안의 황홀한 여행에도 저의 기억에 가장 오래 남았던 것은 어느 유명한 도시도 아닌 열네 시간의 비행이었습니다. 여행의 첫 도착지가 '공중'이었던 것입니다. 한순간에 도시가 작아졌고, 저를 괴롭히던 마음도 작아졌습니다. 두 발이 땅의 지탱을 받지 못하는데도 지지받는 느낌. 바라던 안정감에 착륙하기 전까지 셀 수 없는 거리가 남아 있었는데도 편안한 느낌. 그동안 찾지 않았던 외딴섬에서 우연히 입맛에 꼭 맞는 열매를 찾은 느낌이랄까. 그렇게 안정감이라는 단어를 가장 불안정한 장소인 공중에서 처음 맛보았습니다.

「너만을 위한 플레이리스트」는 삼 년 전 공중을 기행 할 때 떠올린 이야기입니다. 자유를 누리면서도 안정감을 느낄 수 있을까. 그렇다면 여러분은 언제 그런 경험을 했는지 이야기를 나누고 싶습니다.

이달의 장르소설

커맨드

김신정

도시공학과를 졸업한 뒤 한국영화아카데미에 진학, 영화연출을 전공했다. 대본과 소설 작업을 병행하며 다양한 장르의 글을 쓰고 있다.

서울 도심을 조금 비켜난 언덕배기.

고급스러운 저택이 즐비한 골목에 작은 차가 와서 섰다. 아직 이른 아침이라 거리는 한산했다. 운전석에 앉은 효주는 기어를 P로 돌리고 안경을 벗어냈다. 피곤한 눈을 깜빡거리다가 조수석을 더듬어 핸드폰을 찾았다. 핸드폰은 새벽 꽃시장에서 사 온 작약 다발 아래에 깔려 있었다.

최근 통화목록에 이미 서금숙 여사에게 걸었던 전화가 여러 통이었다. 효주는 다시 한번 그 이름을 눌렀다. 그러나 한참 신호음만 갈 뿐, 아무도 전화를 받지 않았다.

"……왜 안 받으시지."

효주는 맥없이 중얼거리다가 시동을 끄고 차에서 내렸다.

"할머니, 꽃 사 왔으니까 문 열어줘."

대문 앞으로 다가가 무턱대고 벨을 누른 다음 조수석에서 작약을 꺼내 들었다. 그래도 서금숙 여사는 묵묵부답이었다.

"할머니이. 꽃 다 시든다?"

장난스럽게 말을 건네봐도 상황은 달라지지 않았다.

잠시 기다리던 효주는 툭, 품에서 작약 한 송이가 떨어졌을 때 뭔가 이상하다는 것을 깨달았다. 평소 같으면 아무리 화가 났어도 벨을 누르기도 전에 차 소리를 듣고 달려 나왔을 금숙이었다.

설마설마하면서 안고 있던 꽃들을 보닛 위에 내려두고 다시 조수석으로 향했다. 미처 집어들지 못한 작약꽃 한 송이가 발에 밟혔지만 알아챌 틈이 없었다. 부산하게 가방을 뒤져 작은 열쇠부터 찾아냈다.

달칵, 대문 틈에 꼭 맞는 열쇠가 경쾌한 소리와 함께 문을 열었다. 효주는 다시 작약 다발을 품에 안고 정원을 가로질렀다.

"할머니."

겨우 일주일 사이에 정원의 초록들이 아름답게 피어나 있었다. 따뜻하게 비치는 햇살 너머로 새들이 지저귀는 소리가 귓가를 가득 메웠다.

더없이 평화로운 아침의 풍경이었지만, 지나치게 조용하다는 생각이 들었다. 불길한 예감을 누르고 효주는 현관 앞으로 다가섰다.

"할머니!"

쿵쿵, 크게 문을 두드려보았다. 영겁 같은 시간이 흘렀다. 여전히 안쪽은 감감무소식이었다.

아무래도 안 되겠다는 생각에 도어록 커버를 열었다. 가물가물한 기억을 되살려 비밀번호를 눌렀다. 당황했는지 손이 자꾸 미끄러졌다.

몇 번의 시도 끝에 삐릭 소리와 함께 겨우 잠금이 해제되었다. 그러나 문을 당기는 순간, 묵직한 것이 함께 끌려왔다. 얼떨결에 문고리를 놓친 효주는 뒤로 나자빠졌다. 품에서 떨어진 작약꽃이 와르르 흩어졌다.

조금 지나서야 정신을 차리고 현관문을 바라보니 살짝 열린 틈으로 서늘한 기운이 스며나오고 있었다. 끼이이익……. 안쪽에 걸린 묵직한 것에 밀려 현관문이 천천히 열렸다. 효주는 저도 모르게 주춤거리며 물러났다.

조용히 밀려나던 현관문은 어느 순간 달칵거리며 멈추었다. 동시에 툭, 안쪽에서 힘없는 팔 하나가 떨어졌다.

너무 놀라 비명조차 지를 수 없었다. 숨 쉬는 것도 잊은 찰나, 멈추었던 현관문이 마저 열렸다. 그 너머로 문고리에 목을 맨 형체가 모습을 드러냈다.

그녀의 할머니, 서금숙 여사였다.

* * *

문고리는 여느 집과 마찬가지로 겨우 허리춤에 닿을

정도의 높이였다. 얼핏 생각하기엔 어떻게 그런 곳에 목을 매어 죽을까 싶지만, 죽기를 결심한 사람에게 그 정도면 충분한 높이라는 걸 최 형사는 잘 알고 있었다.

"남편은 오래전에 병사했고, 아들 부부는 십 년 전에 교통사고로 사망……. 뭐, 더 조사할 거 없겠는데요?"

슬그머니 나타난 박 형사도 같은 생각을 하는 듯했다. 깨끗하게 정리된 집안, 목을 매기 전에 수면제를 먹은 정황, 외부인의 침입 흔적이 없다는 점에서 어차피 더 볼 것도 없었다. 형식적인 조사는 이 정도면 충분했다.

"요 앞에 콩나물국밥집 가보셨어요?"

박 형사가 먼저 슬그머니 말을 돌렸다. 최 형사도 그를 따라 어지러운 현장을 빠져나왔다.

"왜, 어제 술 먹었어?"

"에이. 콩나물국밥을 꼭 해장으로 먹습니까. 그냥 맛있다길래."

두 사람은 잘 꾸며진 정원을 가로질렀다. 문득 박 형사가 허무한 투로 말했다.

"이리 좋은 집에 살아도 인생 참 무상하네요."

"새삼스럽긴."

최 형사는 무심히 주머니에 손을 찔러 넣었다. 무거운 얘기는 더 해봤자 좋을 게 없었다. 다시 점심 이야기로 돌아가려 물었다.

"국밥집 어딘데. 여기서 가까워?"

그때 파르르 떨리는 목소리가 불쑥 두 사람 사이를 파고들었다.

"저 결혼하는 거 보고 가신다고 했어요."

창백한 얼굴에 핏기없는 입술이 곧 쓰러지기라도 할 것만 같았다. 죽은 여자의 하나뿐인 손녀딸이었다.

"절대 자살하실 분이 아니라고요. 유서도 없잖아요."

미안하게도 그녀의 반응은 두 형사가 여태껏 보아온 자살 사건과 재미없을 정도로 일치했다. 박 형사가 침착하게 대답했다.

"사람들의 통념과 달리, 자살하면서 유서를 남기는 경우는 극히 일부에 불과합니다."

딱딱한 답변에 손녀는 가엾게도 입을 꾹 다물었다.

최 형사는 조금 잔인한 처사라고 생각했다. 어차피 그렇게 말하지 않아도 시간이 지나면 받아들이게 될 일이었다.

"친척분들께는 연락하셨습니까? 아니면 친구분이라도……."

그녀를 진정시키기 위해 던진 질문이었다. 그러나 돌아오는 대답은 없었다. 딱히 떠오르는 사람이 없는지,

파리한 낯빛이 더욱 어두워졌다. 아무래도 괜한 말을 한 모양이었다. 두 형사는 난감한 눈빛을 주고받았다.

"아무래도 그 남자가 죽인 것 같아요."

그 틈에 손녀가 의미심장한 말을 던졌다.

"할머니한테 남자친구가 있었거든요. 헤어지고 싶어 하셨는데 그 사람, 집착이 심했어요. 제가 호신용품을 사드린 적이 있을 정도로."

개미만큼 작았던 목소리가 어느덧 커져 있었다.

두 형사는 할 말을 잃은 채 그녀를 바라보았다. 누구라도 탓하고 싶은 유족의 심정을 모르는 건 아니었다. 하지만 그렇다고 해서 무작정 누군가를 용의자로 몰아갈 수는 없는 노릇이었다.

"그런 부분은 조사해보면 금방 나올 겁니다."

아무래도 안 되겠다는 생각에 박 형사가 한 걸음 앞으로 나섰다. 그러나 손녀는 완강하게 반문했다.

"조사를 하긴 하실 건가요?"

대충 자살 사건으로 마무리하려는 게 아니냐는 뜻이었다. 물론 그럴 생각이었기에 두 형사는 뜨끔할 수밖에 없었다.

"당연히 해야죠."

속내를 숨기고 최 형사가 답을 건넸다. 파트너가 그렇

게 나오자 박 형사도 한 걸음 물러섰다. 최 형사는 품에서 수첩을 꺼내며 물었다.

"할머니 남자친구가 누굽니까?"

"이름은 오명준이고, 회사원으로 살다가 정년퇴직한 사람이에요. 어떻게 만났는지는 모르겠는데…… 만난 지는 일 년 정도 된 걸로 알고 있어요."

일단 오명준이라는 이름을 적어넣고 최 형사는 중얼거렸다.

"어쨌든 그분께도 연락을 드려야겠군요. 혹시 연락처도 아십니까?"

"그건 타로가……."

문득 말을 멈춘 손녀가 잔뜩 미간을 찌푸리고 집 쪽을 바라보며 중얼거렸다.

"그러고보니 타로가 어디 갔지?"

형사들로서는 알아들을 수 없는 말이었다.

"집에 반려동물이 있었습니까?"

집을 둘러보았던 박 형사가 그럴 리 없다는 듯 고개를 가로저었다.

"흔적이 전혀 없던데요."

그걸 들은 손녀가 다급히 나섰다.

"타로는 반려동물이 아니에요. 타로는……."

말끝을 흐리자 형사들이 의문의 시선을 보냈다. 손녀의 말은 잠시 후 이어졌다.

"타로는…… 로봇이에요."

* * *

금숙은 늘 외로워했다. 경제적으로는 부족함이 없었지만, 홀로 있는 시간을 견디기 힘들어했다.

효주는 그런 금숙이 항상 걱정이었다. 효주에게 부모의 빈 자리를 채워준 금숙과 달리, 효주는 금숙의 곁을 지킬 수 없었다. 플로리스트 일을 시작한 뒤로 작업실을 겸해 얻은 오피스텔에서 머물게 된 탓이었다.

주변에서는 반려동물을 키워보라고 권했지만, 금숙은 내키지 않아 했다. 정을 붙였는데 갑자기 세상을 떠나 버릴까 두려워하는 눈치였다.

그러던 어느 날, 다큐멘터리에서 노인들과 지내는 로봇을 보았다. 효주는 단번에 그것이 금숙에게 필요하다는 사실을 깨달았다. 로봇은 곁에서 말벗이 되어주면서도 아프거나 죽을 일이 없는, 최고의 반려 가족이었다.

우여곡절 끝에 거금을 들여 로봇을 구했다. 대전의 연구단지에서 날아온 로봇은 모자를 쓴 것처럼 동그란 머리를 가지고 있었다. 몸은 원통형으로 큼지막했고, 가슴에는 네모난 터치패드가 붙어 있었다.

처음엔 낯설어하던 금숙도 금세 로봇에게 정을 붙였다. 아침저녁으로 함께 노래를 부르고 나란히 앉아 TV를 보기도 했다. 심사숙고 끝에 '타로'라는 이름도 지어 주었다.

"왜 이름이 타로야?"

효주가 물었을 때 금숙은 뿌듯해하며 대답했다.

"타고난 로봇이라서 타로야."

그 말은 들은 타로는 화면 위로 기쁘게 웃는 표정을 그려냈다.

"고마워요."

감사 인사도 잊지 않는 착한 로봇이었다.

"……나보다 낫네."

씁쓸한 효주의 말에 금숙은 부정하는 대신 조용히 웃으며 말했다.

"나중에 나 죽거든 타로는 네가 꼭 데려가. 다른 데 보내지 말고."

"할머니가 죽긴 왜 죽어."

죽는다는 말이 싫어서 대답하지 않고 말을 돌렸는데, 그때 그냥 알겠다고 할 걸 그랬다. 금숙이 정말로 죽을 줄 알았다면.

"타로야."

게다가 이렇게 타로를 잃어버릴 줄 알았다면.

"타로야, 어디 갔어. 할머니가 걱정하셔……."

경찰들이 전부 떠난 뒤, 효주는 울면서 금숙의 집 곳곳을 뒤졌다. 그러나 타로는 어디에도 없었다.

설마 가출이라도 한 걸까. 문을 열어두면 자꾸만 밖으로 나간다던 로봇청소기가 떠올랐다. 하지만 타로는 단순한 로봇청소기가 아니었다. 똑똑하게 집 주소도 읊을 줄 알았고, 현관문을 열어놔도 정원의 잔디는 절대로 밟지 않았다. 게다가 집안의 문과 창문은 굳게 닫혀 있었으니, 타로가 가출했을 가능성은 0에 가까웠다.

'누가 훔쳐 갔나……. 우연히 발견하고? 아니면, 애초에 타로를 노리고?'

효주는 잠시 앉아서 여러 가능성을 짚어보았다. 꼬리에 꼬리를 물고 이어지던 생각 끝에 오명준이 떠올랐다.

어딘지 모르게 음침했던 낯빛이 눈앞을 스쳤다. 그 남자가 무언가 일을 벌였다면, 그리고 타로가 그걸 목격했다면 은폐를 목적으로 데려갔을 가능성이 있었다. 아무래도 타로를 찾아 내부 데이터를 확인해봐야 할 것 같았다.

마음이 급해진 찰나, 운명처럼 최 형사에게 전화가 걸려왔다. 벨이 울리기가 무섭게 효주는 통화 버튼을 눌렀다.

"네, 형사님."

그러나 최 형사의 목소리에는 난감한 티가 역력했다.

"부검 말인데요. 정말 하실 겁니까?"

이미 확실히 이야기했건만, 그는 또다시 묻고 있었다.

"왜 그러시는데요?"

최 형사는 대답 대신 한숨을 내쉬었다. 그 너머로 웬 남자가 흐느끼는 소리가 들렸다.

"설마 오명준인가요?"

대답이 없는 걸 보니, 맞는 모양이었다. 효주는 잔뜩 얼굴을 구긴 채 말했다.

"그 사람한테는 부검을 반대할 권리가 없을 텐데요."

냉정한 대답에 최 형사가 설득하려는 듯 말했다.

"물론 그렇지만, 부검이 굳이 필요한가 싶어서 그렇습니다. 서금숙 씨가 생전에 많이 우울해하셨다던데요. 정신과 치료도 받으시고."

"정신과는 수면제 때문에 다니신 것뿐이에요."

생각해보니 기가 막혔다. 용의자를 조사하러 가서 그에게 동조하는 꼴이라니.

"그 남자 집이나 좀 살펴보세요. 타로를 데려갔을지도 몰라요."

그러나 말이 끝나기가 무섭게 최 형사가 답했다.

"집에 로봇 같은 건 없던데요."

"네? 없다고요?"

"방금 확인했습니다."

최 형사는 효주에게 오히려 반문했다.

"서금숙 씨가 생전에 처분한 거 아닙니까? 오명준 씨 말로는 안 보인 지 며칠 됐다던데."

"그 말을 지금 믿으시는 거예요? 할머니는 다른 건 몰라도 타로만큼은 저한테 맡기셨어요. 사 온 사람도 저고, 손가락이 부러졌을 때도 제가 수소문 끝에 청계천까지 가서……."

"그게 아니면 어디로 갔을까요. 편의점 CCTV를 확인해 봤는데 제 발로 가출한 로봇은 없었습니다."

거기까지 확인했다니 말문이 막혔다. 그 틈에 최 형사는 빠르게 통화를 마무리했다.

"어쨌든 부검 결과 나오면 다시 연락드리죠."

뚝, 전화는 끊어지고 말았다.

'안 보인 지 며칠 됐다고……?'

모르면 모른다고 할 일이지, 그런 말을 덧붙인 이유를

알 수 없었다. 아무래도 오명준, 그 남자가 수상했다.

* * *

차를 타고 작업실로 돌아간 효주는 곳곳을 뒤져 청계천에 있는 업체의 명함을 찾아냈다. 타로의 부러진 손가락을 수리해준 곳이었다.

다소 엉성하긴 했지만, 금숙은 그 작업을 꽤 마음에 들어 했다. 대전의 연구단지에서조차 새로운 모델이 나온 뒤로는 타로를 애물단지 취급하는 탓에 지금으로서는 이곳이 유일하게 잡아볼 만한 동아줄이었다.

"타로가 없어졌다고요?"

다행히 타로의 손가락을 고쳐준 막내 사원이 아직 업체에 남아 있었다. 효주는 퀭한 눈을 비비며 그에게 다가갔다.

"네. 혹시 위치추적을 해볼 수 있을까요?"

효주의 해쓱한 얼굴에 놀랐는지, 남자는 눈을 껌뻑거리다 고개를 갸웃거렸다.

"글쎄요, 그게 되려나……."

난감한 듯 중얼거리는 그에게 효주는 음료수를 건네며 사정을 설명했다.

"사실 할머니가 돌아가셨어요."

자초지종을 털어놓자 그는 진지한 표정으로 고개를 끄덕였다.

"일단 시도는 해볼 테니까 잠깐 앉아서 기다리세요."

그제야 한시름 놓은 효주는 작은 간이 의자에 앉았다. 밤을 꼬박 새우다시피 한 탓에 졸음이 몰려왔다.

얼마나 시간이 지났을까. 까무룩 쪽잠에 빠지려는 찰나, 직원이 문득 손을 멈추고 말했다.

"저, 도메인이 사라졌는데요."

"네?"

그 말에 화들짝 잠이 깬 효주가 되물었다.

"도메인이 사라졌다고요?"

직원은 난감한 표정으로 설명했다.

"네, 아무래도 타로가 포맷된 것 같아요."

효주는 천천히 눈을 깜빡였다. 포맷이라니.

"그럼 이제 타로라고 부를 수 없을지도 모르겠네요."

직원의 중얼거림에 뒤늦게 상황을 이해한 효주가 떨리는 목소리로 물었다.

"타로가 죽었다는 건가요?"

"그렇다기보다는, 기억 상실에 가깝다고 봐야죠."

당황한 남자가 손을 내저었지만, 딱히 위로가 되지 않

았다. 현기증으로 눈앞이 어지러웠다. 효주가 금방이라도 쓰러질 것 같았는지 남자는 급하게 커피믹스를 한 잔 타서 건넸다.

"이거라도 드세요."

그런 걸 입에 넣을 기력이 있을 리 없었다. 그래도 남자는 꿋꿋이 효주의 앞에 종이컵을 내려놓으며 말했다.

"포맷한다고 완벽하게 초기화가 되는 건 아니니까, 타로를 찾기만 하면 데이터를 복원할 수 있을지도 몰라요."

그제야 조금 정신이 들었다.

"그래요?"

효주의 반문에 남자는 고개를 끄덕였다.

"문제는 어디로 갔느냐인데…… 포맷한 걸 보니 누가 데려갔는지 몰라도 아마 팔 생각인 것 같네요. 타로 정도 되면 폐기 처리하기도 쉽지 않거든요. 워낙 값비싼 친구이기도 하고. 중고로 나온 매물이 없는지 한번 찾아보세요."

"중고 매물…… 그러네요. 그것부터 찾아봐야겠어요."

겨우 한 줄기 희망이 나타났다. 효주는 단숨에 커피를 삼키고 자리에서 일어났다.

"이건 제 명함이에요. 혹시 모르니까."

플로리스트 이효주. 간단하게 적힌 명함을 받아든 남

자도 책상을 더듬어 명함을 찾아냈다. 그사이 바뀐 업체 이름 아래에 한영도라는 이름이 적혀 있었다.

"뭐라도 찾으면 저한테도 알려주세요."

"네, 고마워요."

명함을 받아든 효주는 조금이나마 가벼운 마음으로 건물을 나섰다. 그때까지만 해도 곧 타로를 찾아낼 수 있다고 믿었다.

하지만 몇 주가 지나도록 타로의 흔적은 나타나지 않았다. 혹시나 하는 마음에 특수 폐기물 처리 업체는 물론 폐차장까지 샅샅이 뒤졌지만 마찬가지였다.

"할머니가 직접 포맷해서 어딘가로 보내신 게 아닐까요……."

결국 영도도 그 이야기를 꺼냈다. 효주는 아무 대답도 하지 않았다. 그야말로 최악의 결론이었다. 금숙이 제게 의논도 하지 않은 채 타로를 초기화시켜 아무도 모를 곳으로 보냈다니. 도저히 받아들일 수 없는 이야기였다.

그러나 부검 결과마저 자살로 나오면서 경찰 수사도 종결되었다.

"통신 수사를 진행한 결과, 오명준 씨가 서금숙 씨에게 특별히 집착했다고 보긴 힘듭니다. 사체에 특별한

외상도 없고, 아시다시피 외부인 침입 흔적도 없다 보니……."

마지막으로 만났을 때 최 형사는 말했다.

"힘드시겠지만 이제 그만 받아들이시고, 할머니 잘 보내드리세요."

효주는 한참을 멍하니 앉아 그 말을 곱씹었다. 대체 어떻게 잘 보낸단 말인가. 유서 한 장 없이, 귀띔 한번 없이 갑작스레 멀리 떠나 버린 사람을.

부검 때문에 늦어진 장례를 치르는 동안에도 미련을 떨칠 수 없었다. 효주는 기계적으로 조문객을 맞이하며 틈틈이 금숙의 핸드폰을 살폈다. 밤이 깊어 사람들의 발길이 뜸해질 무렵, 수많은 대화 중 마음에 걸리는 문장을 하나 찾아냈다.

'로봇한테 질투가 나는데요. 금숙 씨와 늘 함께 있다니.'

오명준이 지나가듯 건넨 말이었다. 타로가 사라지지 않았다면 대수롭지 않게 넘길 말이었지만, 지금은 상황이 달랐다. 혹시 그가 질투심에 사로잡혀 타로를 어디론가 보내버린 게 아닐까. 이에 상심한 할머니는 극단적인 선택을 했고…….

상상의 나래를 펼치는 와중, 인기척이 났다. 늦은 시간에 누가 왔나 고개를 들어보니 오명준이었다.

그를 본 효주는 굳어진 얼굴로 자리에서 일어섰다. 명준은 검은 양복 차림에 작약꽃다발을 들고 있었다. 금숙이 가장 좋아하는 꽃이 뭔지 그 또한 알고 있던 모양이었다.

“그 사람, 손녀딸을 매일같이 그리워했습니다.”

차분한 목소리가 조용한 공간을 울렸다. 덤덤한 문장 속에 가시가 박혀 있었다. 저를 탓하는 듯한 말에 효주가 날카롭게 반응했다.

“타로, 어딨어요?”

“나야말로 그걸 알고 싶군요. 혹시 이효주 씨가 빼돌렸습니까?”

“뭐라고요?”

“타로에 대해 가장 잘 아는 분이니, 그리 어려운 일은 아니었겠죠.”

“이보세요.”

“타로라도 있다면 그리움이 덜할 텐데…….”

명준은 말끝을 흐리며 시선을 돌렸다. 금숙의 영정사진을 바라보는 눈가에 물기가 촉촉하게 어려 있었다. 진심으로 슬퍼보이는 옆얼굴을 보며 효주는 혼란에 빠졌다.

금숙은 정말로 말 못 할 외로움에 세상을 등진 걸까.

차마 그 사실을 받아들일 수 없어 지금 명준을 의심하고 있는 건 아닐까.

스윽, 눈물을 훔쳐낸 명준은 영정사진 앞으로 다가가 조용히 무릎을 꿇었다. 잠시 기도를 하는가 싶더니 어깨가 들썩거리기 시작했다. 다 늙은 남자의 울음소리가 텅 빈 빈소를 채웠다. 효주는 그를 말리지도, 달래지도 못한 채 자리를 떴다.

뒤늦게 차가운 현실 감각이 살갗으로 밀려들었다. 쪽방에 들어가 문을 닫고 효주도 울었다. 아무리 울어도 금숙을 다시는 볼 수 없다는 사실이 아프게 심장을 찔렀다.

* * *

금숙의 장례 후 육 개월이 지났다.

효주는 정신없이 일에 몰두해 사는 중이었다. 작업실 한쪽에 쌓인 시든 꽃들과 너저분한 포장재가 바쁜 삶의 방증이었다. 그날도 쪽잠을 자고 일어나 일찌감치 나갈 채비를 했다.

"노트북 챙기고, 화병이랑……."

마지막으로 챙겨야 할 목록을 한 번 더 확인한 다음

핸드폰 내비게이션에 주소를 입력했다. 무심히 도착지를 확인하던 효주의 얼굴이 굳어졌다.

도로명이 달라 미처 알지 못했는데, 의뢰인의 집은 금숙이 죽은 집에서 꽤 가까운 곳이었다.

"경로 안내를 시작합니다. 백 미터 앞에서 우회전입니다."

기계는 눈치도 없이 대뜸 길 안내를 시작했다. 어차피 훤히 아는 길이라 내비게이션은 필요 없었다. 효주는 음성 안내를 꺼버리고 작업실을 나섰다.

여태 금숙의 집도, 유품도 정리하지 못했다. 언젠가는 해야 할 일이건만 아직은 엄두가 나지 않았다. 금숙의 손이 닿지 않은 정원이 얼마나 엉망이 되어 있을지. 동네가 가까워질수록 마음이 무거워졌다.

괜스레 빙 돌아 의뢰인의 집에 도착했을 때는 아슬아슬하게 약속 시간이 되어 있었다. 긴장된 마음으로 벨을 누르자 인터폰 너머로 친절한 목소리가 들렸다.

"어서 오세요."

삐릭, 자동으로 문이 열렸다. 효주는 주차장에서 연결된 계단을 올라 집안에 들어섰다.

"실례합니다……."

전해 들은 것보다 훨씬 크고 아름다운 저택이었다. 이

집을 꽃으로 장식한다고 생각하니 심란함이 싹 사라지고 가슴이 두근거렸다.

어쩐 일인지 집주인은 찾아볼 수 없었다. 분명히 반겨주는 목소리를 들었건만. 효주는 품에 든 상자를 내려두고 주변을 두리번거렸다.

"어서 오세요, 조금만 기다려 주세요."

그때 조금 전 들었던 다정한 중년 부인의 목소리가 들렸다. 그쪽을 향해 몸을 돌린 순간, 복도 너머로 낯익은 로봇이 나타났다.

"타로?"

저도 모르게 중얼거리자 로봇이 제 이름을 화면 위로 띄웠다. 타로가 아닌 '동동'이라는 이름이었다.

"말도 안 돼."

타로는 거의 팔리지 않은 모델이었다. 이렇게 가까운 곳에 타로와 똑같은 로봇이 있었다니.

효주는 조심스레 다가가 그에게 말을 걸었다.

"동동아."

"네, 말씀하세요."

익숙한 기계음이 귀에 들려왔다. 중년 부인의 목소리는 녹음본이었던 모양이다.

"혹시 타로를 알아?"

조용히 던진 질문에 로봇은 동그랗게 눈을 뜨며 반문했다.

"타로 카드를 말씀하시는 건가요?"

효주는 고개를 가로젓고는 다시 속삭였다.

"아니, 너하고 같은 모델의 로봇인데……."

그때 문득 까딱거리는 로봇의 오른손가락이 눈에 들어왔다. 영도가 어설픈 땜질로 마무리해둔 손가락이었다.

소스라치게 놀란 효주는 말을 잊고 말았다. 혹시 머리가 어떻게 되었나 싶어 배터리 칸을 열어 일련번호를 확인해보았지만, 분명히 타로가 맞았다.

어째서 타로가 여기 있는 걸까. 대체 누가 팔아넘긴 걸까. 포맷이 제대로 되었는지, 그는 타로라는 이름에 전혀 반응하지 않았다. 동동이라고 불러야만 호명 반응을 보였다.

"동동아."

"네, 말씀하세요."

"……혹시 서금숙이라는 사람을 기억해?"

망설이며 던진 질문에 잠깐 검색 화면이 떠올랐다가 사라졌다.

"잘 모르겠는데요."

초기화된 타로는 금숙에 대한 기억도 전부 잃은 모양

이었다. 처음으로 등록했던 이효주라는 이름도 당연히 기억하지 못했다.

그때 2층에서 내려오는 발소리가 들렸다. 효주는 의뢰인이 나타나기 전에 다급하게 물었다.

"오명준이라는 사람도 몰라?"

시간이 조금 부족했다. 미처 대답을 듣기 전에 집주인이 나타났다.

"동동이를 만나셨구나. 친구 통해서 구했어요. 참 똑똑하죠?"

효주는 기계적으로 꾸벅 고개를 숙였다.

"안녕하세요. 이효주라고 합니다."

"동동이 없을 때는 무슨 낙으로 살았나 싶어요."

곁으로 다가온 의뢰인은 기특하다는 듯 로봇의 머리를 쓰다듬었다. 동동은 고장이라도 난 듯 로딩 화면을 띄워두고 잠시 멈춘 상태였다.

괜한 질문을 던졌나. 눈치가 보였으나 다행히 의뢰인은 아무렇지 않게 손을 내밀었다.

"도예진이라고 해요. 커피라도 한잔하면서 이야기하겠어요?"

"네."

안심한 효주는 짧게 그녀와 악수를 나누었다. 예진은

먼저 부엌으로 향했다.

효주도 눈치껏 가방을 챙겨 그 뒤를 따르려는 찰나, 동동의 터치패드 위로 웬 문서가 떠올랐다.

— 거래 증명서. 기존 소유자 오명준.

그게 무슨 뜻인지 조금 시간이 지나서야 지나서야 깨달을 수 있었다.

'오명준이 타로를 팔아넘겼다고……?'

팔에 오소소 소름이 돋았다. 믿을 수가 없었다. 빈소에서 온몸을 떨며 울던 뒷모습이 아직 눈앞에 선명한데.

"효주 씨?"

멍하니 생각에 잠겨 있던 효주를 예진이 불렀다.

"아, 노트북 좀 챙기느라……."

두서없이 건넨 변명에 예진은 친절하게 웃으며 물었다.

"진한 커피 괜찮아요?"

"네, 좋아요."

반사적으로 고개를 끄덕이자 예진은 손으로 동그라미를 그려보이고 부엌 쪽으로 사라졌다. 거실이 다시 조용해진 틈을 타 효주는 동동에게 속삭였다.

"……문서 닫아줘."

확실하게 화면이 꺼지는 걸 확인한 뒤에야 효주는 부엌으로 발을 옮겼다.

풍미 좋은 커피를 건네어 준 예진은 미리 생각해둔 디자인에 관해 설명했다. 효주는 그녀가 하는 말을 충실히 받아적었지만, 도무지 회의에 집중할 수는 없었다. 머릿속이 온통 타로에 대한 생각뿐이었다.

* * *

예진의 집을 나온 효주는 고민할 것도 없이 곧장 청계천으로 향했다.

"영도 씨."

효주를 알아본 영도가 반가운 표정을 보였다.

"어, 안녕하세요. 오랜만에 뵙네요."

그러나 여유롭게 안부 인사를 나눌 시간 같은 건 없었다.

"타로를 찾았어요."

거두절미하고 건넨 말에 영도의 눈도 휘둥그레졌다.

"네?"

"영도 씨가 수리해준 손가락이 똑같더라고요. 일련번호도 확인해봤는데, 타로가 맞아요."

"아니, 대체 어디서 찾으셨어요?"

영도는 하던 일을 놓고 다가와 물었다. 잠시 숨을 돌

리고 효주는 답했다.

"일 때문에 방문한 집에서 봤어요. 할머니 댁 바로 근처였어요."

"네? 그럼 어떻게 된 거죠? 지인에게 넘기신 건가……."

영도는 진지하게 중얼거렸지만 효주가 하고 싶은 말은 그게 아니었다.

"일단 내부 데이터를 확인해보고 싶어요. 데이터 칩이 어디에 들어 있죠? 그걸 제가 가져올게요."

다급하게 던진 말에 영도는 난감하다는 듯 뒷머리를 긁었다.

"제 기억이 맞다면, 칩 같은 건 따로 없어요. 그냥 본체에 데이터가 보관될 거예요."

"네?"

"여기로 타로를 데려오셔야 해요."

전혀 예상치 못한 대답이었다. 당황한 효주는 눈동자를 동그랗게 굴렸다.

"아마 경찰에 보증서를 제시하면 소유권을 찾아줄 텐데요. 어쨌든 한두 푼 하는 녀석은 아니니까."

물론 그것도 방법이겠으나 효주는 그럴 생각이 없었다.

"최대한 조용히 확인하고 싶어요."

"왜요? 뭔가 문제가 있어요?"

"사실 타로를 팔아넘긴 사람이…… 오명준이에요."

"할머니 남자친구요? 그, 수상했던 사람?"

기억이 가물가물한지, 영도가 되물었다. 효주는 괜스레 주변을 살피고 고개를 끄덕였다.

"타로가 거래 증명서를 가지고 있었어요. 포맷한 후 소유주로 다시 등록한 게 분명해요."

영도는 심각한 표정으로 조용히 목소리를 낮추어 물었다.

"확실한 거예요?"

"내 눈으로 똑똑히 봤어요."

망설임 없는 대답에 영도가 미간을 좁혔다. 효주는 자리에서 일어나 사무실을 서성거리기 시작했다.

"생각을 좀 해봤는데, 오명준이 돈을 노리고 타로를 훔친 게 아닐까요? 그래서 할머니가 나한테 아무 말도 못 한 거예요. 도둑맞았다고 하면 속상해할까 봐. 아마도 속이 까맣게 썩어들어가셨겠죠."

"……."

"만약 그게 사실이라면, 결국 오명준이 우리 할머니를 죽인 거예요."

다소 과격한 말에 영도가 자리에서 일어나며 말했다.

"아무래도 경찰에 얘기하는 게 낫겠어요."

그러나 효주는 거세게 고개를 가로저었다.

"그 사람들한텐 관심거리도 못 돼요. 오명준은 어떻게든 빠져나갈 테고……."

타로를 팔아넘겨 놓고 오히려 어디로 빼돌렸냐고 따져 물은 남자였다. 그런 능구렁이 같은 작자에게 책임을 물으려면 확실한 증거가 필요했다. 효주는 주먹을 꼭 쥔 채 중얼거렸다.

"그렇다면 역시 포맷된 데이터부터 봐야겠어요."

"그럴 수 있다면 좋겠지만……."

"타로를 데려올 수 있다면, 데이터를 확인하는 데 시간이 얼마나 걸릴까요?"

영도는 난감한 표정으로 고개를 갸웃거렸다.

"저도 처음 해보는 작업이라 장담은 못 해요. 아무리 밤새워서 해도 최소 사흘은 걸릴 것 같은데, 가능하겠어요?"

생각보다 긴 시간이었지만 어떻게든 하는 수밖에 없었다.

"일단 다시 연락할게요."

급하게 사무실을 떠나려는 찰나, 영도가 그녀를 불러세웠다.

"효주 씨."

문고리를 손에 쥔 채 돌아보자 의미심장한 말이 돌아왔다.

"오명준이 팔아넘긴 게 사실이라면, 몸조심하세요."

괜한 오지랖일지도 모르지만, 이라는 중얼거림이 그 뒤로 따라붙었다. 효주는 가만히 고개를 끄덕였다.

"……그럴게요."

조심해서 나쁠 건 없을 테니까.

하지만 솔직히, 그 말에 대해 그리 깊이 생각하지는 않았다. 지금은 타로를 어떻게 데려올지 궁리하는 게 우선이었다. 일단 다른 일은 전부 접고 예진의 의뢰에 집중하기로 했다. 조금 친분이 쌓이면 동동을 빌려달라고 청해볼 작정이었다.

그러나 말을 꺼내기가 쉽지 않았다. 동동에 대한 예진의 의존도가 생각보다 너무 높았다. 예진의 자식들은 전부 타지에 나가 살았고, 돈이 필요할 때만 연락을 해왔다. 인간관계에 넌덜머리가 난 예진이 동동에게 의지하는 건 어찌 보면 당연한 일이었다. 그녀를 볼 때마다 금숙이 생각나 효주 또한 마음 한구석이 슬퍼지곤 했다.

"타로야."

초조하게 시간이 흐르던 어느 날, 효주는 답답한 마음

에 동동에게 말을 걸었다.

"사실 네 이름은 타로야. 내가 너를 데리고 왔고. 나랑 같이 집으로 돌아가지 않을래?"

물론 벽에 대고 말하는 것처럼 통하지 않았다.

"제 이름은 동동입니다."

똑똑한 로봇이라더니, 바보가 따로 없었다. 효주는 속으로 원망을 쏟으며 몸을 일으켰다.

부엌과 서재 작업은 이제 끝이 났고, 바다 건너에서 신품종 장미가 날아오면 거실도 마무리될 예정이었다. 타로를 볼 수 있는 날이 얼마 남지 않았다는 뜻이었다.

"사모님, 서재 한번 봐주시겠어요?"

오늘이야말로 진지하게 말을 꺼내봐야겠다고 생각하며 효주는 거실로 향했다. 그런데 돌아오는 대답이 없었다.

조금 전까지만 해도 예진은 소파 위에 그림을 걸고 있었다. 화장실에 갔나 싶어 기다릴 심산으로 발을 옮기는 찰나, 러그 위로 힘없이 쓰러진 형체가 보였다.

"……사모님!"

황급히 달려가보니 내뱉는 숨결이 희미했다. 효주는 뒤따라온 동동에게 소리쳤다.

"119에 신고해줘!"

곧 이상한 신호음이 들렸다. 당연히 전화를 연결하는 소리라고 생각했건만, 예상 밖의 말이 돌아왔다.

"호흡이 멈추진 않을 것 같습니다."

동동은 침착하게 예진이 사망할 확률을 화면에 띄웠다. 지극히 낮은 수치였다.

"그래도 신고해줘."

다시 한번 청해보았지만 요지부동이었다. 결국 효주는 자리를 박차고 일어나 가방을 뒤졌다. 아무리 AI가 정확하다 한들, 이런 상황에 손 놓고 있을 수는 없는 일이었다.

"네, 바로 와주세요. 네."

핸드폰을 찾아 겨우 신고를 마친 찰나, 동동이 또 혼잣말을 중얼거렸다.

"스스로 호흡이 멈추진 않을 것 같습니다."

"알아, 그래도 혹시 몰라서 신고한 거야."

효주는 변명처럼 대꾸하고 돌아섰다. 그런데 동동에게서 묘한 말이 이어졌다.

"부드러운 천으로 코와 입을 막으면 호흡을 멈추게 할 수 있습니다."

효주는 잘못 들었나 싶어 미간에 힘을 주고 돌아보았다.

"……뭐?"

"그런 경우, 미세섬유가 남을 가능성을 주의하세요. 첫째, 다음과 같은 섬유의 사용을 추천합니다."

화면에 주르륵, 섬유의 목록이 떠 올랐다. 순간적으로 눈앞이 어지러웠다. 동동은 멈추지 않고 계속 말을 이어 나갔다.

"둘째, 입이 완전히 다물어진 것을 확인하세요. 셋째, 호흡이 완전히 멈춘 다음 면봉을 활용하여 남아 있는 미세섬유를 닦아내세요."

"너, 지금 대체 뭘 알려주고 있는 거야?"

멍한 얼굴로 건넨 질문에 동동은 기계답게 정직한 대답을 돌려주었다.

"119 구급대가 도착하기까지 평균 소요 시간은 5분으로, 지금이라면 구급대가 도착하기 전에 호흡을 멈추게 할 수 있습니다. 사인은 급성 호흡곤란. 부검을 한다 해도 타살로 밝혀질 가능성은."

탁. 효주는 반사적으로 손을 들어 로봇의 긴급 전원 버튼을 눌렀다. 그제야 검게 꺼진 화면엔 더 이상 께름칙한 참고자료가 올라오지 않았다. 잠시 그대로 서서 전원이 꺼진 기계를 낯설게 바라보았다. 아직은 이 상황을 이해할 수 없었다.

얼마 지나지 않아 119 구급대원들이 도착했다. 다행

히 예진은 금방 의식을 차렸다.

그녀가 무사하다는 걸 확인한 효주는 조용히 집을 나섰다. 품에 전원이 꺼진 로봇을 들쳐 안은 채였다.

주차장으로 통하는 계단을 내려가 뒷좌석에 로봇을 밀어 넣었다. 보기보다 꽤 무서운 녀석이라 애를 먹었지만, 지체할 틈이 없었다. 빠르게 안전벨트까지 채운 다음 곧바로 시동을 걸었다. 예진에게는 수리를 맡겼다고 둘러댈 작정이었다. 화를 내거나 절도죄로 고소한다 해도 어쩔 수 없었다. 동동의 상태가 이상한 것도 사실이었으니까.

출발하자마자 영도에게 전화를 걸었으나 바쁜 일이 있는지 응답이 없었다. 대신 뒷자리의 동동에게서 규칙적인 기계음이 들려왔다. 이탈 알림이라도 되는 양 소리는 점점 커졌다.

주차장을 빠져나온 효주는 골목길에서 어쩔 수 없이 차를 세웠다. 하지만 뭐가 문제인지 살펴보기 위해 차에서 내리는 순간, 거짓말처럼 소리가 뚝 끊겼다. 차창 너머로 보이는 로봇은 확실히 전원이 꺼진 상태였다.

"뭐였지……?"

조금 찜찜한 기분으로 다시 운전석에 오르자, 마침 영도에게서 전화가 걸려왔다. 효주는 안전벨트를 매며 블루투스 버튼으로 손가락을 옮겼다. 그러나 끝내 그 전화를 받을 수는 없었다.

"금숙 씨 집으로 갑시다, 전화는 받지 말고."

소름끼치는 목소리가 바로 뒤에서 들려왔다. 어느 틈에 차에 올라탄 오명준이었다.

* * *

정신이 돌아왔을 땐 밤이 깊어 있었다. 효주는 여러 번 눈꺼풀을 깜빡거린 뒤에야 금숙의 침실을 알아보았다. 오랫동안 방치된 집안은 춥고 서늘했다. 천장에 늘어진 거미줄이 주인 잃은 집의 신세를 잘 보여주고 있었다.

멍하니 그것을 바라보며 기억을 떠올렸다. 어떻게 됐더라. 로봇을 훔쳐 예진의 집을 나왔는데 영도가 전화를 받지 않았고, 갑자기 오명준이 나타나서 정신을 잃은 다음…….

"십 분 남았습니다."

그때 작게 열린 방문 틈으로 타로의 목소리가 들렸다. 조용히 고개를 돌려보니 거실을 사부작거리며 돌아다니는 그림자가 보였다.

"일흔여섯 개. 확실하지?"

중얼거리는 목소리는 오명준이었다.

효주는 괴로움에 눈을 감았다. 그에 대한 의심을 너무 빨리 풀어버리는 게 아니었는데. 그가 수상하다는 걸 알고 있었는데. 영도도 분명 경고했었는데.

뒤늦게 후회해 봤자 소용없었다. 어차피 지금은 할 수 있는 일도 없었다.

낙담한 채 침대에 묶인 손을 움직여보았다. 매듭은 느슨해보였지만, 도저히 빠져나올 구멍이 없었다. 이것도 로봇이 알려준 게 분명했다.

"젠장."

작게 지껄인 말에 거실이 순간 조용해졌다. 곧 명준이 방문을 열고 나타났다.

"……몇 분 남았지?"

뒤따라온 로봇이 대답했다.

"칠 분 남았습니다."

"조금 기다려야겠군. 삼 분 전에 다시 알려줘."

명준은 여유롭게 중얼거리고 방을 나가 버렸다. 효주는 홀로 남은 로봇을 물끄러미 바라보다가 물었다.

"뭐가 칠 분 남았어?"

당연한 말이지만, 일말의 죄책감도 없이 그는 답했다.

“체내의 마취제 성분이 완전히 사라지는 데 걸리는 시간입니다. 이제 육 분 남았습니다.”

부검에서 걸리지 않기 위해 충분히 시간을 두는 모양이었다. 참 대단한 콤비라고 생각하며 효주는 비아냥거렸다.

“할머니도 이렇게 죽였니?”

그런 질문에는 오류가 나는지, 로봇은 말을 돌렸다.

“일흔여섯 개입니다.”

“왜 하필 현관문이었어? 도대체 무슨 일이 있었던 건데?”

의미 없다는 걸 알면서도 효주는 계속해서 쏘아붙였다. 빙글빙글 제자리를 돌며 로봇이 중얼거렸다.

“첫째, 목에 남는 삭흔에 유의하세요. 둘째, 집안의 모든 창문을 닫아야 합니다. 셋째, 시신을 먼저 똑바로 앉힌 다음 현관 밖에서 끈을 맵니다. 넷째, 문이 열리면 자연스레 움직일 수 있도록 세팅합니다. 다섯째, 모든 준비가 끝나면 밖에서 현관문을 닫고…….”

더는 듣고 있기가 힘들었다. 로봇의 도움으로 명준이 완벽한 자살을 꾸며낸 것이었다. 시트 위로 속절없이 눈물이 흘러내렸다.

“할머니가 너를 얼마나 아끼셨는데.”

이제는 아무 소용 없는 말이었다. 어느 틈에 문가에 나타난 명준이 로봇의 일시 정지 버튼을 눌러 진정시켰다.

"서로의 마지막 사람이 되기로 약속했었는데, 금숙 씨가 그걸 저버렸어요. 헤어지자고 했거든."

잠시 후 정신을 차린 로봇은 멀쩡히 웃는 얼굴을 화면 위로 띄웠다.

"그래서 죽였다고요? 겨우 그런 이유로?"

"겨우?"

코웃음을 친 명준은 멸시하듯 효주를 내려다보았다. 얇은 안경 너머로 보이는 눈이 마치 독을 품은 파충류와 같았다.

"금숙 씨가 나를 먼저 죽인 겁니다."

이런 미친놈과 말이 통할 리 없었다. 효주는 입술을 꾹 깨문 채 정신을 차리려 노력했다. 혹시라도 상황을 눈치챈 영도가 경찰과 함께 집에 들이닥칠 수도 있는 노릇이니까. 언젠가 금숙에게 사준 전기 충격기도 분명히 방 안에 있을 테고…….

하지만 시간이 충분치 않았다.

"삼 분 남았습니다. 피부에 흔적이 남을 수 있으니 매듭은 수면제 투여 후 풀어주세요."

수면제라는 말에 효주의 표정이 굳어졌다. 그것을 눈치챘는지, 명준은 나지막이 속삭였다.

"금숙 씨한테 안부 전해주십시오."

체념한 듯 눈을 감은 효주의 입술이 파르르 떨렸다. 명준은 아랑곳하지 않고 정확히 삼 분이 지나자 효주의 입안에 수면제 일흔여섯 알을 쏟아부었다.

반항도 없이 약을 전부 삼킨 효주가 잠드는 데는 그리 오랜 시간이 걸리지 않았다. 명준은 신중하게 효주의 상태를 살핀 다음, 매듭을 풀고 방에서 나왔다.

하나뿐인 할머니의 죽음을 비관한 손녀딸, 매일 할머니가 잠들던 침대에서 수면제를 먹다. 누가 봐도 자연스러운 자살이었다.

금숙이 죽기 전에 혼인신고를 하지 못한 게 안타까웠지만, 어쩔 수 없는 일이었다. 로봇으로 몇천만 원이라도 건져 다행이었다.

툭툭, 명준은 격려하듯 로봇을 두드리고 말했다.

"이제 집으로 돌아가자. 여기로 차를 불러줘."

"네, 자율주행을 시작하겠습니다."

똑똑한 로봇은 명준의 차에 접속해 경로를 설정했다. 이제 느긋하게 기다리기만 하면 될 일이었다. 하지만 차가 도착하는 소리보다 먼저 들린 목소리가 있었다.

"나도 할머니처럼 수면제 오래 먹어서 내성 있는데. 얘는 그것까진 몰랐나 보네."

고개를 돌릴 틈도 없이 강한 전기 충격이 명준의 몸을 강타했다. 툭, 쓰러지는 뒤통수 너머로 효주가 중얼거렸다.

“그러게 포맷을 하지 말았어야지.”

듣고 있던 로봇이 눈치도 없이 새로운 자료를 띄웠다.

“같은 성분의 수면제를 오래 복용한 경우, 치사량은 다음 목록을 참고해 주세요.”

삣, 효주는 일시 정지 버튼을 누르고 청했다.

“이거 말고, 아까 말한 거 다시 알려줘. 현관문에…… 어떻게 하라고?”

효주의 말을 정확히 알아들은 로봇이 재차 매뉴얼을 읊었다.

“첫째, 목에 남는 삭흔에 유의하세요. 참고 사진은 다음과 같습니다. 권장하는 끈의 종류는 목록을 참고해 주세요. 둘째, 집안의 모든 창문과 덧문을 닫아야 합니다. 셋째, 시신을 현관에 똑바로 앉히고…….”

* * *

“……전혀 마주치지 않았네요.”

이리저리 CCTV를 돌려보던 박 형사가 이내 결론을

내렸다. 육 개월 전과 같은 편의점이었다.

"다시 앞으로 돌려봐."

눈을 가늘게 뜬 최 형사가 청하자, 박 형사가 마우스 버튼을 꾹 눌렀다.

"여기 보세요. 이효주 씨 차가 빠져나오고 바로 오명준 씨 차가 올라가니까 실제 집에서는 마주칠 시간이 없었죠."

"그야 그렇지만…… 왜 하필 같은 날이었을까?"

최 형사의 말에 박 형사가 대수롭지 않게 답했다.

"뭐, 그날따라 둘 다 서금숙 씨가 꿈에 나왔나 보죠. 통신 기록도 없고. 그냥 우연의 일치예요."

그래도 뭔가 석연치 않은 느낌이 들었다. 박 형사는 대체 뭐가 문제냐는 듯 최 형사를 끌었다.

"콩나물국밥이나 드시면서 생각합시다."

어쩔 수 없이 그를 따라나서며 최 형사는 중얼거렸다.

"하지만 현장도 너무 똑같다고. 살인사건이라면 연쇄살인이라고 할 수 있을 정도야."

"아이고, 무서운 말씀 하시네. 그야 당연한 거 아닙니까? 너무 그리워서 똑같은 모습으로 세상을 뜬 거잖아요. 그 나이에도 뜨거운 사랑을 할 수 있다는 게 나는 부럽기만 합디다."

아무리 그래도 그렇지, 사진을 찍은 것처럼 같은 모습일 수 있을까. 고민에 빠진 최 형사에게 박 형사가 조용히 속삭였다.

"게다가 이제 와서 자살이 아니라고 하면, 서금숙 씨 사건도 문제가 됩니다."

그건 분명히 맞는 말이었다. 똑같은 형태로 죽은 금숙의 사건이 자살로 종결된 이상, 이 사건도 그래야만 했다.

"자살은 맞지. 그건 맞는데."

"그럼 더 생각할 게 뭐 있습니까?"

앞장서서 걷던 박 형사가 잠시 멈춰 서서 골목을 둘러보았다.

"국밥집이 이쪽이었던가요?"

뒤늦게 최 형사가 앞으로 나서며 슬그머니 되물었다.

"혹시 그 로봇은 찾았대?"

"로봇이요? 아, 서금숙 씨가 데리고 있다던?"

박 형사는 까맣게 잊고 있었는지, 고개를 가로저었다.

"모르겠는데요? 이효주 씨는 별말 안 하던데."

"……."

"그건 왜요?"

"아니, 뭐."

최 형사는 대충 얼버무리고 조용히 골목길을 걸었다.

식당에 도착할 즈음, 박 형사가 슬쩍 질문을 던졌다.

"물어봐드려요?"

막상 그렇게 나오니 최 형사는 고개를 가로저었다.

"됐어, 그냥 생각나서 말해본 거니까."

"그래요. 더 생각하지 마시고 콩나물국밥을 맑은 국물로 먹을지, 얼큰한 국물로 먹을지. 그것만 딱 정합시다."

실없는 말에 최 형사는 웃고 말았다. 결국 오명준의 죽음은 애달픈 연인의 사랑 이야기로 마무리되는 수밖에 없었다.

그날 오후, 영도도 효주를 통해 그 이야기를 전해 들었다.

"그렇게 됐군요……."

묘한 표정으로 영도는 중얼거렸다. 안타까워하는 건지, 슬퍼하는 건지 알 수 없었다.

곧 그의 시선은 사무실 앞의 고철 더미로 향했다. 그것은 산산이 분해된 타로, 아니, 동동이었다.

분위기가 무거워지자 효주는 조용히 차를 한 모금 마시고 말했다.

"제 의뢰인은 유기견을 입양하기로 했어요."

효주는 예진에게 자신이 로봇을 고장 냈으며, 고치는

건 불가능하다고 털어놓았다. 예진은 크게 충격받은 눈치였지만, 결국 받아들였다. 예진을 위해서도 그게 옳은 일이었다. 이유를 정확히 설명할 수 없어 힘들었을 뿐.

"잘됐네요."

반사적으로 대답한 영도는 의외라는 듯 되물었다.

"그런데, 다른 로봇을 구하진 않으시고요?"

효주는 천천히 고개를 가로저었다. 복잡한 심경이 들었으나 말로 표현할 길이 없었다.

"그렇군요."

이번에도 묘한 표정으로 중얼거리던 영도는 더 묻지 않고 다른 이야기를 꺼냈다.

"맞다. 타로 메인 부품을 따로 모아뒀는데."

그는 자리에서 일어나 지퍼백에 포장한 부품들을 가져왔다.

"메모리 복원은 이거랑 이거, 두 개 정도 시도해보면 될 것 같아요. 가격은 통상적인 외장하드 수준으로 해드릴게요."

효주를 배려한 제안이었다. 그걸 알면서도 그녀는 고개를 가로저었다.

"아뇨, 복원은 안 할래요."

"그래요? 뭐, 그거야 편하신 대로……."

"대신 똑같이 금액을 드릴 테니까 폐기해 주세요. 확실하게 제가 보는 앞에서."

"어……."

당황한 영도가 옆머리를 긁적였다.

"그야 얼마든지 해드릴 수 있는데, 정말 괜찮겠어요?"

효주는 조용히 고개를 끄덕였다.

"네. 거기에 뭐가 들어 있는지 이제 알고 싶지 않아요."

확고한 의지가 담긴 말에 영도는 그저 고개를 주억거렸다.

"그럼 잠깐 기다리세요."

잠시 후 그는 큼지막한 통을 들고 돌아왔다. 투명한 액체가 담긴 통이었다.

"여기 담그면 절대 복구 안 돼요. 그러니까 신중하게……."

그의 말이 끝나기도 전에 효주는 지퍼백에서 부품을 꺼내 던져 넣었다.

싸아……. 불길한 소리와 함께 부품이 빠르게 부식됐다. 나머지 부품마저도 전부 용액 속에 던져 넣은 효주는 그것이 전부 까맣게 타버릴 때까지 지켜보았다. 그녀가 무슨 생각을 하는지 영도로서는 알 길이 없었다.

한참이 지난 뒤에야 효주는 자리에서 일어났다. 비용

을 치르고 잠시 밖에 다녀온 그녀의 손에는 작약꽃다발이 두 개 들려 있었다.

"할머니가 제일 좋아하셨던 꽃이에요. 여기랑 어울릴지는 모르겠지만."

얼떨떨한 얼굴의 영도에게 꽃다발을 하나 안기고 효주는 마지막 인사를 건넸다.

"그럼 가볼게요. 할머니한테도 갖다드려야 해서."

"안부 전해드리세요."

실없는 말을 건네고 영도는 머리를 긁적였다.

"그럴게요."

효주는 친절히 대답하고 사무실을 나섰다. 금방 겨울이 끝나려는지, 햇살이 꽤 눈부시게 쏟아졌다. 손 그늘을 하고 주차장을 향해 걷던 효주는 문득 뒤를 돌아보았다. 영도의 사무실 앞에 놓인 고철 더미가 마치 효주를 바라보는 것처럼 이쪽을 향하고 있었다.

문득 그날 밤의 장면이 떠올랐다. 삐릭, 현관문이 닫히고 도어록이 잠기자 타로가 말했다.

"호흡이 완전히 멈추었습니다. 안심하십시오. 타겟의 호흡이 완전히 멈추었……."

긴급 전원 버튼을 누른 후에야 그는 조용해졌다. 머리가 엉망으로 헝클어진 채, 효주는 망연히 타로를 내려다보았다. 제 손으로 대체 무슨 일을 저지른 건지.

"비키세요!"

그때 누군가가 소리를 질렀다. 정신을 차려보니 폐기물 처리 업체의 큰 트럭이 효주를 지나치는 참이었다.

아슬아슬하게 물러난 효주는 트럭을 바라보았다. 트럭은 영도의 사무실 앞에 멈추었다. 미리 이야기가 되어 있었는지, 사무실 안에서 영도가 나와 기사와 이야기를 나누었다.

기사는 영도가 말하는 위치로 트럭을 옮겨 주차했다. 덕분에 고철 더미는 차체에 가려져 더 이상 보이지 않게 되었다.

그제야 효주는 안심하고 다시 발걸음을 옮겼다. 품에는 소중히 작약꽃다발을 안은 채였다.

작가의 말

어느 날 다큐멘터리에서 인간의 다정한 친구 같은 로봇을 보았다. 퍽 감동을 받았지만 며칠 뒤, 인공 지능끼리 인간이 모르는 언어로 소통을 시도했다는 기사를 읽었다. 어쩌면 인간이 기대하는 역할과 다른 로봇이 나타날지도 모른다는 생각이 들었다. 「커맨드」의 타로처럼.

추신. 마지막까지 멋진 가을 야구를 보여준 키움 히어로즈와 사랑하는 고양이 흑미, 흑심에게 이 글을 바칩니다.